除了我之外，你不準和別人上演愛情喜劇 3

watashi igai
tono
LOVE COME ha
yurusanain
dakarane

羽場楽人
插畫：イコモチ

Kadokawa Fantastic Novels

第一話　喜歡

「夜華，我們接吻吧。」

在黃昏的美術準備室兩人獨處。

我心愛的情人有坂夜華，彷彿要將一切託付給我一般輕輕地閉上雙眼。

只要悄悄地把嘴巴湊近那泛著光澤的小巧櫻唇就行了。只是這樣而已。

兩人的距離緩緩的接近於零。

我們終於要迎接初吻了。

總算抵達了這個瞬間。

就差一點，還差一點。

可是，不管經過多久，我都沒辦法和夜華接吻。

世界就像暫時停止了，我和情人之間的距離始終沒有縮短。

夜華明明就在眼前，我卻一直在眼看要碰到時停下。

奇怪？

為什麼？問題出在哪裡？

是步驟搞錯了嗎？話說，接吻的正確步驟是什麼？

我不知道。完全不知道。

「接吻要怎麼做啊————？」

當我發出吶喊，劇烈的衝擊同時襲向全身。

「嗚哇？」

我睜開眼睛。

「希墨，你醒啦？」

「咦、咦咦？那是夢……！」

我環顧四周，這是我的房間。飛撲過來的妹妹映壓在我身上。

「是夢、原來是夢啊～」

失望的我深深地發出嘆息。

這是我第幾次夢見接吻未遂了呢？

我到底有多想和夜華接吻？

「映，不要使出跳躍飛身壓招式叫我起床，妳已經長大了，我遲早真的會骨折喔。」

小學四年級的妹妹天真無邪的全力飛撲，每天都使我的軀幹隱隱作痛。

她短短兩年前明明還是個小不點，但身高突然抽高，還處在成長期。然而，她的內在卻依然幼稚。

「嘿嘿嘿。因為希墨你看起來很痛苦嘛。」

「從下次開始，拜託妳用更溫柔的方法叫醒我。還有，要好好地喊我哥哥。」

「我知道了。」

她回答得很爽快，但一次也沒有遵守過這兩個約定。

我把映從床上挪開，說著「起碼讓我在假日多睡一會兒」，試圖睡回籠覺。

「吶，希墨。你今天要跟夜華約會吧。再不出門的話，差不多要遲到了吧？」

「現在幾點了？」

我看看時間，睡意一掃而空。

如果不立刻出門，會趕不上約定的時間。

「所以我才來叫醒你。誇獎我！」

「是我不好，映。感謝妳！謝謝！」

明明把手機的鬧鐘調早了，但我好像睡昏頭關掉了鬧鐘。

我匆忙起來穿衣服，衝出家門。

一打開大門，炎熱的空氣與炫目的陽光令我瞇起眼睛。

無邊無際的藍天與大朵白雲。

可以聽見喧囂的蟬鳴聲傳來。

今年的梅雨季短暫，很快便結束了。

七月上旬，太陽拿出了真本事。季節已進入夏季。

◇◇◇

我在大熱天奔跑，設法搭上了能趕上約定時間的電車。
因為從家裡趕往本地車站的路上流了一身汗，清涼的車廂感覺很舒服。謝謝你，冷氣。
我換乘電車，快步通過原宿車站的剪票口。
我的女朋友在陰影處等著我。
夜華一身整潔的便服，看來比穿制服時更顯成熟。
「夜華。」
「早安。怎麼了，這樣慌慌張張的。」
「因為我想早點見到妳。」
「……你睡過頭了嗎？」
「妳怎麼知道的？我有趕上時間吧？」
「啊，真的是這樣嗎。我明明是在開玩笑的。」
「妳有讀心能力喔。」
「那只是你容易把想法寫在臉上吧。」

「這樣好像我的心思變透明了一樣，感覺很不安耶。」

我不由得摸摸自己的臉。

「……你很好懂，對我來說值得慶幸就是了。」

夜華用我聽不見的音量呢喃了什麼。

「咦，妳說什麼？」

「好了，快走吧！」

她主動牽起我的手。

迫不及待地邁步往前走。

開始交往後大約過了三個月。

期末考近在眼前的週末，我們依夜華的要求，今天在原宿約會。

我們首先造訪位於原宿車站正面的綜合商場內的ＩＫＥＡ。

以白色為基調的店內，到處擺放著時尚的家具以及有著大膽圖案與色彩的家居雜貨。

「這個好可愛。啊，那個也不錯。吶，希墨覺得這個怎麼樣？」

夜華看起來很開心。她拿起看到的商品，給出各種感想。

看著她的模樣，我也很開心，兩人一起討論從各個家具可以想像到的種種生活場景，也很有意思。
「如果一起住的話，我希望沙發有這種尺寸。」
夜華躺在家庭尺寸的沙發上，悠然地伸展雙腿。
「如果沙發有這麼大，坐在上面悠閒地看電影也不錯呢。」
「可以兩個人一起休息呢。」
「只是，放在兩個人居住的房子裡可能有點太大了。」
「？要用來休息的話，大一點更好吧。」
「我很想擺這樣的沙發，但是房子不夠大的話，很難擺放大型家具。」
「那只要住在大房子裡不就行了。」
家境富裕的夜華一派理所當然地說。
我當然也想住住看擺放迷人家具的寬敞房子。
然而，要過好生活首先需要有錢。
去年我離開籃球社，高中一年級的暑假有了空閒。
我用空出的時間去打工，學習到賺錢是很辛苦的事情。
多虧我當時沒有花掉打工薪水存了下來，才能像這樣與夜華出來約會。
「我會好好努力的。」我不禁挺直背脊說道。
「希墨你不用一個人努力啦。我也會一起出力的。」

「有個可靠的女朋友真好。」

「因為跟你一起努力很快樂呀。」

如果能一起生活——光是想像這樣的未來，我心中就感到飄飄然。

「總之，符合實際的選擇是這邊的沙發吧。喔，坐起來的觸感也不錯。」

我試著坐在兩人座沙發上。

「喔，我試試看。」夜華也鑽到我旁邊來。

「啊，真的耶。很棒呢，希——」

我們以肩膀幾乎相觸的絕妙距離剛好坐滿了沙發。

夜華美麗的臉龐近在咫尺。

她也察覺了與我之間的距離感，悄悄別開目光。

容易害羞的她立刻脹紅了耳朵，僵住身軀。

座位狹窄，除了站起來以外沒有地方可逃，只要稍微動一下，手臂和膝蓋就會碰到。

儘管如此，夜華沒有像剛交往時一樣反應過度地逃開。

「喔，比想像中來得擠呢。」

「我看大概是為了讓情侶像這樣打情罵俏吧。這是只有坐過的人才會懂的設計。」

她有著端正的輪廓、漂亮的眉毛和睫毛長長的大眼睛，左眼角的可愛淚痣十分迷人。

臉頰光滑、鼻梁高挺、耳朵形狀姣好。小巧的嘴唇看來豐滿又柔軟。目光順著纖細的脖子望去，以她今天穿的服裝還看得到鎖骨。
剪裁高雅的連身裙色彩清涼，很有夏天風味。
纖細的肩膀與手臂。白皙似雪的肌膚微微泛紅，並不只是因為夏天的緣故。
「你的臉靠得好近。」
「在擁抱時不是更近嗎。」
「因為那時候不會近距離看著彼此的臉啊！」
每當夜華擁抱我時，總是將臉埋在我的頸間或胸前。原來那是為了不讓我看到她害羞的表情啊。
「我們會牽手和擁抱，感覺應該會習慣呀。」
「因為我覺得就快要直接接吻了。」
沒錯，比起未來的同居，對我而言最近的重大事項是接吻。
成為情侶三個月，我們還沒有接吻過。
我覺得差不多是時候前進到新階段了，但直到現在都還沒抓住契機。
對我來說，夜華是我第一次交往的情人。
當然，接吻是未知的領域。
要怎麼做才能不使女生感到不安，帥氣地讓她接受親吻呢？
這種事情我並不知道。如果我知道，早就脫離接吻處男身分了。

午休時間和放學後，在學校美術準備室裡我們總是兩人獨處。

坦白說，曾經有許多接吻的機會。

可是，卻不順利。

比鄰而坐。四目交會。微笑。輕微的身體接觸已經成為日常生活的一部分。我們會手牽手，有時還會擁抱。

每當與充滿魅力的夜華緊貼在一起，我的身心就瀕臨爆炸邊緣。

有一次，我們臉龐靠得很近，當我試圖直接貼近她親吻時——

『啊，杯子空了！我來泡新的紅茶吧！』

她迅速起身離開。

又有一次，我在她要解開擁抱時不肯放手……

『希墨，你的眼神有點可怕。』

結果嚇到了她。我反省過，當時太過衝動了。

期中考結束後，我曾藉著擺脫壓力的解放感豁出去對她說：

『夜華，要不要接吻？』

『這還太早了！』

我當然無意勉強她，我自己也有衝太快的地方。

掙扎、失敗、忍耐的日子像這樣持續著，導致我像今天早上一樣夢見了接吻。

就算最喜歡的情人近在眼前，未必一切就會進展順利。

「……吶，希墨。」

「咦？什、什麼事？」

「你猛盯著我的嘴唇耶。」

「抱歉，我在想著接吻的事。」

「這一點超明顯的。」

「啊，原來是這樣啊。」

看來夜華並非有讀心能力，其實是從我細微的反應察覺到的。

「……你就這麼想親嗎？」

「想親。」

我急切地立刻回答。

「這裡可是店裡！」

周遭客人的視線聚集過來，夜華先行離開了沙發。

「咦，只要沒人就可以了嗎？」

「不是地點的問題。」

「那麼，要怎麼做才行？」

「這取決於我！」

我連忙跟上避開旁人矚目的夜華。

◇◇◇

我們直接穿越竹下通，走到表參道。

因為我本身不熟悉原宿地區，今天就跟隨著夜華逛街。

「買姊姊的衣服時，我來過這一帶好幾次，清楚店家的位置。包在我身上。」

「妳不擅應付人群吧。」

「雖然不擅應付，但我喜歡購物。拿各種衣服給姊姊穿也很愉快。」夜華老練地走進對於高中生來說門檻有點高的時裝店。

「妳姊姊的衣服是妳挑的嗎？」

「因為她是美女，不管穿什麼都很適合，不知不覺間就對衣著不再講究了。」

與夜華有血緣關係的姊姊，當然不管穿什麼都很適合，連櫥窗模特兒也贏不過她吧。

店內成熟雅致的氣氛，讓我不禁有些緊張。

牆上的鏡子映出的我是與年齡相符的少年，相對的夜華則是高雅的千金小姐。

總覺得只有我一個人格格不入，我有點畏縮。

除了跟這樣的美少女交往這一點之外，我是沒有引人注目之處，平均水準的平凡普通高中二年級學生。是必須努力的Mr.Standard。

我感到在學校裡穿著制服時感覺不到的差異，忽然凸顯出來。開始覺得只為了接吻這種程度的事情而苦惱的自己很幼稚。

我看看眼前那件男性T恤的標籤，是與店鋪外觀相符的價格。

「好貴！」

「希墨，我們走吧。」

「已經逛夠了嗎？」

「嗯。因為沒看到特別想要的。」夜華掃視店內一圈後，走了回來。

她就像這樣，走進想逛的店家，又很快地離開。

逛過好幾家店以後，夜華在連我也聽過招牌的知名飾品店裡遇見了感興趣的商品。

「這個會適合我嗎？」

夜華指著一條簡單的銀項鍊開口。

由細鏈與嵌著小石的吊墜組成的項鍊帶著質樸的高雅，非常時髦。感覺與夜華偏愛的成熟但也可愛的穿搭風格也很好搭配。

「超適合的。很棒！」

我打包票。

「真的嗎？嗯～我真的有點想要耶。」

「試戴看看如何？」

「不行。飾品只要試戴過了，就會更想要。」

「……那我送妳當禮物吧？」

「不用了。而且價格也意外地貴。」

「就當作紀念交往滿三個月。」

我臨時想到了藉口。

打工薪水就是為了這種時候而存下來的。

「咦？我們交往有幾個月了？」

「要看從哪一天算起。妳在四月初答應了我的告白，從那時候算起是整整三個月。如果從發表情侶宣言後才算正式的情侶，則是兩個多月。好像是這樣？」

「微妙地難以分辨呢。」

「因為我明明告白了，夜華妳卻馬上逃走了啊。」

「我、我是因為當時太過高興，有點驚慌！不如說，至少給我考慮怎麼回應的時間也可以吧。」

「都那麼高興了，不是會毫不猶豫地說出ＹＥＳ嗎？」

「要把那一句話在當場說出來是很難做到的！」

真是細膩的少女心。

果然是男生更容易急著想得到結果啊，我體會到。

「那麼，要怎麼做？只要妳會高興，送禮物的理由不管是什麼都可以。」

「這樣的話，就會有一大堆紀念日和禮物了。」

「妳明明不用那麼客氣的。」

「不是啦。光是你有這份想送禮物給我的心意，就已經讓我非常開心了。」

「夜華。」

「什麼事？」

「我再次愛上妳了。」

「不管幾次都可以喔。」

夜華如今會坦率地表達好感。

我的情人不是透過物品或體驗，而是先從心意感受到愛意，我覺得非常美好。

嗯～正因為如此，我更想送禮物給她了。

說歸這麼說，強行送給她害她費心，反倒我也會過意不去。

別說接吻，連送禮物的時機都不清楚，我也很青澀。

正當我們在一條項鍊前駐足時，店員迅速地走了過來。

「您好，請問需要試戴呢？」

「啊，不用了。」

夜華立刻拉下心靈的鐵門，離開了現場。

她還是老樣子，不擅長與陌生人交談。

「妳是不是因為不喜歡被店員攀談，才會迅速地看一看就離開？」

我在走出店舖後試著問。

「你猜中了。」

「我也不擅長接受店員服務，能理解妳的感覺。」

「有陌生人待在身邊單純地就令我忐忑不安，當對方找我攀談，我又會緊張地想著，是不是非買不可？要拒絕也很麻煩。」

「夜華妳就更是這樣了吧。」

對於討厭受人注視的夜華來說，雖然店員是為了工作，她想逃離按照守則積極推銷的店員也可以理解。

我還以為她習慣去昂貴的服裝店，所以才會很快離開。實際上卻很符合我所認識的夜華的風格，理由是因為害羞，這讓我感到一絲安心。

我們隨興地享受著純逛街的樂趣，發現這一帶也有許多婚禮會館。那些會館有著可作為連續劇外景場地的時髦外觀，這時剛好有穿著禮服的男女聚集在外面，盛大地慶祝結婚的新人邁向新生活。

「夜華，那邊在辦婚禮耶。喔～好豪華。」

「真的呢。婚紗好漂亮。」

在會場前方庭園，左右一字排開的賓客們灑下大量的花瓣。

新郎新娘一臉幸福地走在一片花雨當中。

連路過的我們，彷彿也共享了那股華麗的氣氛。

「啊。他們親吻了。」

感動不已的新娘將嘴唇湊近新郎的臉頰。

雖然沐浴在起鬨聲中，他們看來就像正在生命中最美好的一瞬間般心滿意足。

還是高中生的我，無法真正地掌握結婚這個活動的意義。

在親朋好友面前宣誓——無論是疾病或健康，都與所愛的人一起共度生涯。

「真虧他們能當著眾人的面親吻呢。」

夜華看著婚禮，說出比我來得冷淡的感想。

「的確，對妳來說或許會是相當累人的活動。」我也發出苦笑。

「我不擅長像那樣被一大群人聚在一起祝福。人們都會猛盯著我看。」

「因為是婚禮的主角嘛，新娘更是會受到注目吧。」

「那不就好像被強制要求要幸福一樣嗎？」

「因為實際上很幸福，沒什麼關係吧。」

「……希墨，你想舉行婚禮嗎？」

「唉，為了家人，還是舉行他們會比較欣慰吧。我也曾被邀請去參加親戚的婚禮，相當感人喔。新郎新娘的家人哭得很厲害。」

「喔～我沒參加過婚禮，所以不太了解。」

「咦，這樣呀？」

「以我們的年紀，頂多是在家人受邀時一起去而已吧。我的爸媽待在國外，就算邀請他們也一定無法出席，而我姊姊還是大學生又單身。」

「說得也是。」

若非親人結婚，或有密切來往的人發出邀請，高中生沒什麼出席婚禮的機會。

「而且我聽說賓客得花不少錢包紅包，新郎新娘準備起來也很麻煩。不惜做那麼多事，也想高調地受到祝賀嗎？」

夜華就像把婚禮當成發生在地球另一頭的活動般不感興趣。

「世界上有一部分人會希望盛大地受到祝福喔。」

「啊～以這層意思來說，我姊姊或許也符合。她最喜歡熱鬧了。」

「如果妳姊姊要舉辦婚禮，妳可要參加喔。」

「我會去啦。雖然心情有點沉重。」

「這時候要坦率地祝福她啊。妳並不討厭她吧？」
「我喜歡姊姊。只是，我不擅長不得不參加這種盛大場面的情況。」
「沒問題啦——到時候我或許也會坐在妳身旁。」
「咦，這意思是……」
夜華露出赫然驚覺的表情看過來。
「當然，前提是妳不反對的話。還有，要徵得妳家人的同意。」
「你真心急。」
「一交往起來，或許轉眼間就到了喔。」
「才想著春天剛收到你的告白，季節轉眼已經到了夏天。跟希墨在一起，時間一下就過去了。」
「無論如何，重要的是當事人們得到幸福啊。」
「沒錯沒錯。希墨，你說得很好。」
「只是——」
我有點猶豫要不要說出突然浮現在腦海中的話語。
「怎麼了？在我們之間不需要有所顧慮吧。」
「——我想看夜華穿婚紗的模樣。」
穿上純白婚紗的夜華想必很漂亮吧。光是想像就覺得很美了，實際上想必更加迷人。

「…………」

「夜華？」

「如、如果你願意、一直走在我身邊，我也不是、不能考慮啦。」

夜華別開臉龐，但小心翼翼地給出了積極的答覆。

身為高中生的我們談論什麼婚禮，作夢也該有個限度吧。

不過總有一天被稱作大人的時候，我也想待在夜華身邊。我這麼認為。

「嗯。謝謝。」

「我、我也只是想看希墨穿無尾禮服的樣子而已！」

我覺得慌張地拚命試圖減輕話中意義的夜華惹人憐愛。

為初吻苦惱的高中二年級學生，距離結婚還有很長的路要走吧。

現在的我還總是自不量力。我常常感到緊張，也有許多事都還不懂。

即使如此，我不打算讓這段戀情化為青春時代的回憶。

我想成為永遠都有能力回應夜華感情的男人。

我這麼暗中發誓，走過目前還言之過早的婚禮會場。

太陽火辣辣地燃燒著，柏油路面的輻射熱毫不留情地為空氣加溫。

都市的夏季約會就是在賭命。感覺宛如走在三溫暖裡一樣。

不管心情多麼飄飄然，頻繁補充水分與預防中暑的措施都不可或缺。

「感覺想喝點冷飲呢。」

「肚子也餓了，找個地方吃午餐吧。」

午餐時段早已過去，差不多想休息一會兒了。

我們找到了一家感覺正適合的漢堡店，決定進去吃飯。

一進入開著冷氣的店內，我們長長地吐出一口氣。

清涼的空氣讓發燙的皮膚感覺很舒服。

一在店員安排的座位坐下，我馬上喝光放在桌上的冷水。而且那還是檸檬水，準備真是周到。清爽的冰涼感讓人十分痛快。

我點了照燒漢堡配炸薯條與可樂的經典套餐。夜華點了酪梨漢堡、沙拉與萊姆蘇打。

等待餐點送來時，我問了關於夜華姊姊的問題。

「妳姊姊在我們高中從一年級開始就擔任學生會長吧。聽說因為那位傳說中的學生會長推行的大改革，體育祭與文化祭都擴大了規模。」

我們就讀的永聖高級中學是升學高中，卻以學校活動盛大而聞名。

學校在學生主導下策劃了各種活動，而活動當天的盛況，參加人數比生意不怎麼樣的主題樂園的單日遊客數還更多。

而成功地擴大了這些學校活動的規模的人，正是比夜華大四歲的姊姊。

「希墨，你知道得真清楚。」

「我是從神崎老師那邊聽說的。」

「居然在約會時提到別的女人的名字。而且偏偏是那個老師。」

夜華把班導神崎紫鶴視為天敵。

因此，她不喜歡擔任班長的我與神崎老師交談。不用她擔心，我們的對話也大都是事務性內容，其餘部分主要是與夜華有關的話題。

「吶，希墨，你暑假要怎麼度過？」

「因為班長的工作，我可能會去學校，但我始終會以妳為優先！」

「真的嗎？」

「那是當然。」

我強而有力地斷言。

無論發生任何事，夜華都是最重要的。

「呵呵，謝謝。真期待暑假。」

夜華臉上浮現太過耀眼的笑容。

啊啊，能夠和這女孩交往，我真幸福。

不是因為我成為了美少女的情人。打從心底為我著想的女孩如此喜歡著我，這種切實的感受一次次地感動了我的心。

當我們聊著各種暑假計畫時，餐點送來了。

我們是進來漢堡店吃遲來的午餐，不過在吃完後又聊得很起勁，加點了新的飲料與甜點，當我們注意到時，已經待了很久。

走出店外，那股炎熱也減輕了，變得舒適許多。

其實我很想再和她多相處一會兒，但總不能帶著女孩四處亂跑到太晚。

夕陽西斜，我們邁步走向車站。

今天的約會要結束了。

我心中充滿不捨的心情。下一次的假日約會大概是在考完以後，得相隔一陣子了。雖然在學校會碰面，也能用手機盡情聯繫，但像這樣享受只屬於兩人的時光果然是特別的。

隨著接近車站，夜華心神不寧地把玩長髮髮梢。

平常我們會一邊回顧當天的約會一邊聊天，但今天的夜華異樣地安靜。

我喜歡看著夜華的側臉，所以這樣也無妨。

當我近距離對情人看得著迷時，夜華突然停下腳步。

「怎麼了？」

「那、那個！」

「嗯。」

「耳朵湊過來一下。」

我依言微微屈膝蹲低。

夜華下定決心靠近一步，將嘴巴湊到我耳邊。

「方便的話，要不要來我家坐坐？那個，今天家裡沒人在。」

夜華用害羞的聲調甜蜜地呢喃。

夏天會讓女孩子變得大膽一點。

第二話　有坂姊妹

去情人家玩——而且她的家人還不在。
在女生家裡兩人獨處。
『方便的話，要不要來我家坐坐？那個，今天家裡沒人在。』
夜華的話在我腦海裡一再重播。
這讓我不由得期待著或許正在前面等待的，令人目眩神迷的發展。
沒錯，這有點不得了吧？
不只是初吻程度的問題而已了。
這不是作為男人完全進入下一個階段的機會嗎？
失控的妄想不斷衝過頭，在腦中事先模擬沒發生過的情況，我已經越過興奮的巔峰，反倒鎮靜了下來。
「希墨。搭上電車以後，你的話變得很少耶？」
「咦？是嗎？」
「……你身體不舒服嗎？我有帶水，要喝嗎？」

「那我喝一些。」

我從夜華手中接過寶特瓶，拿到嘴邊一口氣灌下去。

「啊……」

在夜華輕輕喊出聲時，我已經喝光了瓶中的水。

「抱歉，幾乎都是我喝掉的。」

「不，這是無所謂，但是……」

「但是？」

「這樣是間接接吻。」

夜華怯生生地說了這樣的話。

我們坐在電車的座位上搖晃，前往夜華家附近的車站。

現實感好稀薄。

說我是在約會時中暑昏倒作了夢，還比較可信。

我的心情就是那麼飄浮不定。

在今天的約會中，我應該是在煩惱兩人尚未接吻的事情。

然而，夜華正要回家時所說的話，使狀況迎來突如其來的發展。

怎麼辦，我一點準備也沒有。

真想馬上用Line向經驗豐富的同學七村尋求建議。

但我的右手與夜華握在一起，沒辦法好好地操作手機。

「你在緊張？」

夜華把頭靠在我肩上，抬眼問道。

為什麼緊張這種狀態會輕易地傳達給他人呢？

既然她都發現了，逞強耍帥反倒才難看。

「老實說，我非常緊張。在約會結束時突然聽到心裡希望情人對我說的台詞，我簡直幸福絕頂。」

「是緊張那個呀？說是緊張，你好像還有餘力高興嘛。」

「我很幸福，也很緊張。妳要聽聽我的心跳聲嗎？可是像舉辦夏季音樂節一樣天翻地覆喔。」

「雖然聽不太懂，但我很清楚你精神很好了。」

夜華這麼說著笑了，她的手摸起來很冷，並不只是因為電車內的冷氣。

「夜華。謝謝妳鼓起勇氣。我真高興。因為今天也玩得很開心，我捨不得回家。」

「嗯。我也抱著同樣的心情。所以，才會約你。」

就像要表明不想分開的心情，夜華在相握的手上加重了一點力道。

「…………」

「別突然沉默啦。」

「我只是在深深地品嘗幸福而已。夜華也變得積極了啊。」

「那種意味深長的說法很讓人在意耶？」

「我在大肆誇讚妳喔。容易害羞的夜華，表達了自己的希望呢。」

那個不擅長溝通，不信任他人的高不可攀的女孩，改變了很多。

如果與我的戀情對夜華的改變有所幫助，作為情人，再也沒有比這更令人高興的事了。

「太好了。我還想說女生先開口，會不會感覺不知羞恥。」

「沒這回事。情人之間總是對等的。而且我深深迷戀著妳。」

「嗯。我也喜歡你。」

夜華微笑著回答，身上沒有交往前那種對於溝通的過度緊張感。看來能夠極其自然地將心中浮現的想法化為言語。

「受到妳特別對待太棒了。被喜歡的女孩渴望著，真好。」

「我們馬上就要忙期末考的事，暫時無法約會吧。今天我想和你多相處久一點。」

光是她能這麼想，我就感到幸福。

「以妳的實力，考試不是很輕鬆嗎？」

「我是擔心希墨你呀。如果你因為我而成績下滑，我會過意不去。」

這份關懷也相當惹人憐愛。

「我們考前再一起用功吧。期中考時是瀨名會的大家聚在一塊，不過這次就我們兩個人一起讀吧。只要有妳指點我，我心中就有倚仗嘍。」

期中考時，由親近朋友組成的團體——通稱瀨名會，毅然舉行了大型K書活動。

自入學以來一直穩坐學年第一的夜華，也很擅長教學。

拜此所賜，我考試成績排名也大幅躍升。

難得有機會，這次我想要情侶兩人獨處，請她一對一地仔細教我。

「那樣不可以。做不到。不行」

「為什麼？」

明明接下來她要找我去自己家裡，卻不可以兩人單獨準備考試，是怎麼回事呢？

「……如果一起用功，我沒有自信能專心讀書。」

夜華別開臉龐，說了這種話。

喂，我的女朋友是可愛星球的可愛星人嗎？

要怎麼做才能永遠保護這個珍貴的存在呢？

與外表給人的冷靜印象相反，夜華很愛撒嬌。

不管怎麼說，夜華也喜歡和我互相碰觸。

「這麼說的確有道理。」

如果在別無他人的房間裡兩人獨處，我也會想像平常一樣和夜華打情罵俏。以後或許不會僅僅止步於擁抱而已。

「所以相對的，今天就把約會延長。」
我和夜華是兩情相悅的情人，今天也大受好評地卿卿我我中。
我們第一次在平常只是送夜華離開的車站，一起下了車。

◇◇◇

我們越過在夜華家附近的車站剪票口，向前走去。
「妳家離這裡遠嗎？」
「就在附近。已經看得見了。」
如同夜華所言，她所居住的高層公寓位於車站附近的好地段。
「這裡是我住的公寓。」
「好高，而且好豪華。這不是整人節目對吧？」
我說出眼睛所見的感想。那棟公寓就是如此在物理上以及價格上都很高。
「我不可能做那種拐彎抹角的事吧。來，走吧。」
夜華拉著我前進。
我側眼看著宛如高級酒店般寬敞的入口大廳，穿越有自動門鎖的大門，搭乘電梯。
那是對兩人來說太過寬敞的大型電梯。

操作面板上可看到這裡設有地下停車場，還有僅供住戶使用的健身房與共享辦公室等公共區域。螢幕上顯示的樓層數不斷地增加。

「希墨，你是不是怕高？」

也許是回到自己家感到了從容，夜華取笑心神不寧的我。

「不。我不是有懼高症什麼的，放心吧。」

「太好了。從我們家望出去的夜景很美，可以盡情欣賞喔。」

「那真讓人期待。」我用僵硬的聲調設法回答。

「今天不是要跟誰見面，你別擔心。我爸媽在大海另一頭，姊姊在大學裡。」

夜華的父母在國外工作，以北美地區為主。

因此，她和姊姊兩個人在這棟東京的公寓生活。她姊姊是理工科大學生，忙於實驗和作業，據說在實驗室過夜也是不是稀奇的事。人在家裡的時間也不規律，因此並非每天都會跟夜華碰到面。

「很難講啊。妳來我家的時候，映就在家裡。」

我打算開玩笑，提起了四月份夜華拜訪瀨名家的事情。

當時為了擦拭被驟雨淋濕的身體，我去更衣室拿浴巾。然後撞見了剛洗好澡的映。這完全出乎我的意料。

——而且，夜華不知為何誤以為我妹妹是我的劈腿對象。

「因為我聽說希墨的妹妹是小學生，沒想到小映會那麼成熟。」

「……當時我可是膽戰心驚喔。」

「不會發生比那次更令人驚訝的事啦。」夜華自然地摟住我的手臂。

她或許沒有自覺，但豐滿的胸部頂住了我的手臂。

「這個療癒效果超大的。希望妳在教室也這麼做。」

「別得意忘形。」

「夜華真小氣。明明不用顧慮的。」

「我很懂得分寸，跟希墨可不一樣。」

夜華提醒我，自己也笑了。

在教室裡發出情侶宣言，我們作為公認的情侶展開交往後，有坂夜華的感情表達真的變得非常豐富。

直到去年為止，為了和周遭保持距離，夜華都秉持凜然的冷淡態度，寡言少語。

那樣的她也美麗又神祕，但我也很高興她能像現在這樣展現各種表情。

只有身為情人的我能看到她連同學也不知道的一面，這是種無上的幸福。

剛進高中時，我單戀了一直躲避與他人交流的夜華將近一年。雖然我終於告白，高興得忘乎所以的她卻逃離現場，直到升上二年級的第一天才總算開始交往。我們保密的交往關係差點曝光，我也差點被甩。幾經波折後，我們以我的情侶宣言成為公認的情侶。在那之後，又有其他女生向我告白等等，花了不少時間才得以實現第一次的假日約會。

在這段看似漫長卻又短暫的時間中，緊密地發生了各種事情啊。我感慨地回想。

而今天，我終於來到夜華的家。

「打擾了。」

穿過長長的走廊後，如同之前聽到的一般，寬敞的客廳外是令人驚豔的眺望景觀。

從大窗戶可以一眼望盡東京的耀眼夜景。

那宛如獨占東京地標的閃耀景觀，讓我深受震撼。

「我去泡茶，希墨你隨意坐。」

確認夜華走向廚房的氣息遠離後，我大大地做個深呼吸。

這是比想像中更加浪漫的情境。

夏日的黃昏，逐漸從橙色轉變為美麗的紫色。

我要在如此奢華的空間，與情人度過兩人獨處的甜蜜時光嗎？

心臟怦怦直跳個不停。

放在客廳正中央的沙發尺寸頗大，一家四口通通坐在上面也能充分伸展雙腿。每天坐這種沙發，當然會覺得雙人沙發太小了吧。

在等待夜華的時候，我靠近窗戶，試圖以景色分散注意力。

可是，不斷膨脹的期待令我心神不寧。而且我也有所顧慮，遲疑著沒去坐看來價格昂貴的沙發。

當我忐忑不安地環顧房間時，發現沙發上有東西在動的氣息。

我沒聽說過她家有養寵物。那麼，這究竟是什麼？

我戰戰兢兢地繞到沙發前方。

那裡有個蓋著毯子的神祕物體X。

因為被靠背遮住，我之前並未發現。

「什麼？那是……人嗎？」

到底是哪來的人呢？

我很難想像小偷會在保全系統周延的高層公寓裡打瞌睡。

這樣的話，躺在客廳沙發上的人只可能是這裡的居民。

「不會吧。」

我有種不好的預感，同時煩惱著要如何處理潛伏在毯子下的物體X。

夜華不可能會安排驚喜嚇我，所以她應該不知道這裡有人。

我的視線不經意地往下看，地板上散落著像是衣服的東西。

但在我理解那個意思之前，察覺我接近的氣息，那堆毯子猛然跳了起來。

「小夜，歡迎回家！我肚子好餓～快餓死了～」

「——？」

物體X的內容物直接覆蓋在我身上。

我驚訝到甚至發不出尖叫，就被撲過來的物體X推倒了。對方的雙手用力環住我的脖子，我的腦袋直接撞在地板上。

但在我喊痛之前，又被神祕的柔軟物體壓住臉孔，無法呼吸。

我慌忙推開貼在臉上的那個有彈性的東西。

「啊嗯～」我好像聽到莫名性感的叫聲。

「呃、什麼什麼什麼？」

當我終於清空視野，毯子下面有什麼東西正在蠕動。

「小夜好色！咦，怎麼硬梆梆的？為什麼？」

我害怕得無法動彈。爬在我胸口的物體X發出睡昏頭的聲音。

「嗯～胸部在哪裡～？屁股～是這邊嗎？」

對方的手用毫無顧忌的動作，試圖摸遍我全身上下。

「我、我不是夜華！」

我感覺到危機，這麼強調。

動作戛然而止，覆蓋住對方的毯子啪沙地掀開露出頭部。

我受到宛如被雷擊中般的衝擊。

當人看到觸動自身審美意識的對象時，有時候會感到時間延伸了。

從毯子裡出現的是一個長得與夜華非常相似的美麗女性。

正因為看慣了夜華的臉，我清晰地意識到兩者的差異。

她年紀大約二十歲。有著長髮、大眼睛、濃密的睫毛、形狀姣好的眉毛、高挺的鼻梁、迷人的嘴唇，這些要素以絕妙的平衡並存在小巧的臉蛋上。

正因為沒有化妝，她原本臉孔的顯著美麗才令我大受震撼。

這名女性已褪去夜華具有的稚嫩，更進一步全面展現出美麗。

說得直接點，就是頂級的美女。

我與這樣的物體X，即──神祕美女四目相對。

我總覺得我認識那個眼神。

不過，沒辦法立刻想起來到底是在哪裡見過面。

「……………你是哪一位？」

看來已醒過來的美女一臉睡眼惺忪地直盯著我。

「那是我要說的台詞！」

她似乎睡昏頭得厲害，連聽不聽得懂我說的話都令人懷疑。

不只這樣，為什麼在這種狀況下警戒心和羞恥心沒有發揮作用？太缺乏防備了。

「嗯——我跟你曾在哪裡見過吧？」

她用困倦的眼神進一步探頭注視著我的臉龐。

這位長得像夜華的女性，好像和我一樣，對我有印象。

我不可能會忘記長得像夜華的美女。

我也想查明女性的真實身分——但這個情況非常糟糕。

「那個，總之可以請妳先起來嗎？」

保持被包著毯子的女性推倒的姿勢，我開口懇求。

「等等，再一下子，再一下子我就快想起來了。」

「至少請在我身上以外的地方思考吧！」

或許是睡昏頭沒在聽別人講話，女性忙著回溯記憶，沒有要移動的跡象。騎在男人身上陷入沉思，這人的神經到底有多大條啊。

我面臨第一次踏進情人家中，卻被另一名女性騎在身上的異常狀態。

突然間，我想到了一個會如此我行我素的人。

「啊～我知道了！你是阿希吧！」

就像找到了答案，女人拋開睡意，以開朗的表情興奮地喊。

「阿希？我的名字的確叫希墨，但是……」

突然被叫出自己的名字，我感到驚慌失措。

而且，還是用有點令人懷念的稱呼方式。

「你是瀨名希墨。嗯嗯，我完全想起來了。好久不見，你過得好嗎？」

先理解過來的女性滿意地點點頭，用宛如在馬路中央擦肩而過的感覺輕鬆地向我打招呼。不，這樣很奇怪啦！

「妳、妳為什麼會知道我的名字？」

我謹慎地探尋對方的身分。

「咦～你不記得我了？我們明明兩人共度了那麼熱情的時光～」

就算對我說出這種充滿暗示的台詞，我也毫無印象。

人類在真正幸運碰到香豔接觸的情況時，比起高興會更先感到害怕。

能夠悠哉地露出色咪咪表情的愛情喜劇主角，也太糟糕了吧。

「妳、妳是誰……？」

「你還不明白嗎？那我特別給你提示吧。是誰使你考上第一志願永聖的呢？」

讓我想起大考的詞彙。

霎時間，原本應該已經遺忘的創傷突然閃現，我渾身一顫。

「難道說——不，這不可能……」

我無法順利地將記憶中想到的人物，與這個像夜華的美女連結起來。

國中時教過我的補習班講師，是個與時尚或華麗無緣的不起眼的人。

她的頭髮總是亂糟糟，衣服都隨便穿，臉上戴著眼鏡和口罩──對了，我不記得有仔細看過那個人的本來面目。

「討厭啦阿希，你還裝蒜。你忘記在車站前的日周塾中度過的日子了嗎？」

不過撇開外表的差異不談，這種積極的魄力和快活的態度，的確是她的特質。

日周塾是我國中時為了考高中而上過的補習班名稱。

多虧了在那裡教學的補習班講師的斯巴達式指導，讓我得以考上永聖高中。

身為我恩人的講師姓氏的確是──有坂。

我的情人叫有坂夜華。

而在這裡的女性名叫──

「有、有坂亞里亞、小姐。」

我用顫抖的聲音再次確認這個可怕的巧合。

「咦，妳真的是亞里亞小姐嗎？那個恐怖大魔王！」

我脫口說出以前對斯巴達講師的稱呼。

從第一次見面開始，那位不起眼的補習班講師就穿戴口罩與白袍，白袍下的衣服也很土氣。我一輩子也忘不了，她第一次開口就說出的絕對服從宣言。

『ＯＫ，我會實現你的願望。你就輕鬆地叫我亞里亞小姐吧。讓我們好好相處吧。啊，如果你不聽我的話，我就會放棄你，敢違抗我，我就會無情地增加題目量喔。想要考上，就拚命跟上來吧。』

對於沒有露出本來面貌的神祕補習班講師開朗又自大的這番話，我一開始半信半疑。

不過，她的指導能力貨真價實。

「什麼恐怖大魔王，真失禮。我只是給了你考上學校所需的課題而已吧。話說回來，真令人懷念。阿希，你變成熟了呢。」

對我而言的恩師——有坂亞里亞沉浸在感慨當中。

「那個，亞里亞小姐的姓氏是有坂，也、也就是說，妳是夜華的……」

「嗯。我是小夜的姊姊喔。」

她在我上方以冷靜的聲音自我介紹。我只感到困惑。

為什麼這個人總是無法做到妥當的溝通呢？

她總是充滿推動力，毫不留情地把周遭的人拉進自己的步調中。

因為重逢心情很好的亞里亞小姐像以前一樣摸摸我的頭，就像在稱讚我做得好。

我到現在都還難掩動搖。

沒想到那個恐怖大魔王是夜華的親姊姊，我面臨衝擊性的事實。

「真虧妳記得我的名字。」

我不是在炫耀，但我難以給別人留下印象。

因為我低調又不起眼，沒有稱得上特徵的特徵，容易從他人的記憶中遭到遺忘。

這是我與亞里亞小姐相隔大約兩年的重逢，而我只是眾多補習班學生中的一人，我沒想到她居然記得我。

「因為阿希是我手把手教導的學生啊。」

「所以，妳才那麼欺負我嗎？」

「被這麼說真遺憾，那只是熱血指導啦。」

「那樣也算是嗎？」

我回想起過去，臉龐一陣抽搐。

「——對了，阿希你為什麼會在我家？來偷東西？」

「那怎麼可能！我是在和夜華約完會回家的路上，順便過來拜訪。」

「……小夜的男朋友，真的是阿希啊。」

嗯？現在的反應不對勁喔。

為了抓住那種異樣感的真面目，我正想要思考。

「咦～你好像不緊張？該不會是對我興奮了？」

「我沒有成熟到能在這種狀況假裝從容啊！」

亞里亞小姐刻意的措辭，打斷了我的思緒。

「希墨？從剛剛開始就在吵些什麼——」

夜華回來看看情況。剎那間，她宛如目睹了世界末日般地啞口無言。

「小夜，歡迎回家。」

當我理解掉在沙發旁的衣服的意義時，已經太遲了。

隨著亞里亞小姐舉起手的動作，她披著的毯子從肩頭滑落。

她身上穿著內衣，是起碼的救贖。

不愧是相同的DNA，而且胸部比夜華還要豐滿。

「——亞里亞姊姊，妳為什麼在家？」

夜華表情抽搐，聲音變調。看來她果然不知道姊姊回家的事。

「妳、妳說過今天不會回來吧？」

「實驗發生問題延期了。因為無事可做，我就回來了。」

本來打算趁著姊姊不在家偷偷帶男朋友回來，沒想到撞個正著。

真是地獄。

自己大膽的行為突然被親人發現，羞恥心讓夜華幾乎爆炸。

「而、而且妳到底在做什麼？」

不僅如此，穿著內衣的姊姊還在客廳裡推倒了自己的情人，那當然會陷入混亂。

「吶吶，小夜的男朋友原來是阿希啊！以前的學生變成了妹妹的男朋友，真的好巧喔！

阿希也是，明明都姓有坂，卻沒發現我是小夜的姊姊！超好笑的。你這樣的一面，和讀國中時一樣呢。該說是微妙的脫線呢，還是有可趁之機呢。」

夜華的姊姊有坂亞里亞，在我身上講得格外興高采烈。

「別說了，姊姊，快從希墨身上挪開！妳為什麼騎在他身上啊！」

「我想要嚇小夜一跳，結果來的人不可思議地是阿希呢。」

話說，我覺得將把人推倒這件事當成驚喜不太妥當。

「還有衣服！穿件衣服啊！」

「咦～我平常不都這樣嗎。」

「現在有希墨在吧！」

看來亞里亞小姐穿著內衣睡在沙發上是家常便飯。

年長四歲的姊姊，生活態度似乎比妹妹邋遢得多。

如此說來，夜華優秀的家事技巧，大概是在與這個我行我素的姊姊一起生活的過程中培養出來的吧。

「要睡覺就回自己房間睡！又把衣服脫得滿地都是。」

「我沒有全裸，所以沒問題。」

亞里亞小姐不怎麼在意，重新蓋上敞開的毯子，從我身上挪開。

我也迅速站起來退到窗邊，以強調自己是無辜的。

「妳今天這樣絕對有問題！希墨看了有害！妳是色情狂嗎！」

「我的身體可不是被人看到會丟臉的狀態。又不會少一塊肉，難得有機會，問問他的意見吧？」

話才剛說完，她颯爽地站到沙發上，猛然脫掉毯子。

體現了亞里亞小姐自信的驅體，纖瘦卻富有起伏，身材出類拔萃。

她大方地暴露出與大理石雕像相比也不遜色的藝術性勻稱比例。

「為什麼會是這樣！」

「當然不行吧！姊姊妳太大膽了！」

亞里亞小姐不在乎我和夜華近似尖叫的吶喊。

她是個決定性地缺少了確認對方意志此一過程的人。

她以自己的意志為最優先，發言和行動都毫無迷惘。

結果，周遭的人會被迫慌忙應對她的行動。

夜華以秒速用毯子密封姊姊。

「你看到了？」

夜華就像要射殺我一般狠狠地瞪過來。她的有力眼神太凌厲了。

「我馬上就從記憶中刪除了！」

「真的嗎？」

「上次看到的時候，我也主動申報了！」

這使我回想起去年的此時。

在我第一次走進美術準備室的那一天。我護住夜華不讓她被掉落的繪畫砸中，不小心推倒了她。憤怒的夜華凌厲地踢出一腳壁咚，結果裙下風光在我的目光所及之處展開。那大膽的景象鮮明地烙印在我腦海中。

……我答應她會忘掉那一天的事，但到現在都還無法忘記。對不起。

這對姊妹在我的人生中留下了太多強烈的瞬間。

「說、說得也是。」

夜華不禁被我自暴自棄的反駁說服了。

「喔，你看過小夜的內褲啊～真有一套～不愧是男朋友。」

「才不是那樣！」「那是意外！」

夜華和我慌忙否認。

「妳趁我不在的時候帶男朋友回家這件事，我會瞞著爸爸媽媽。在外過夜的事情我也不會說，放心吧。」

亞里亞小姐露出非常意味深長的笑容，看著我們。

「好、好了，妳去房間換衣服！現在馬上去！」

「阿希。我有很多話要跟你聊，別回去喔。因為我也有點事想拜託你。」

「我知道了，請妳快去吧！」我也催促她離開。

夜華強行將亞里亞小姐趕出客廳。

情人的姊姊是我國中時的補習班講師是個衝擊。

我滿心對這次重逢驚訝不已，連想都沒想到，亞里亞小姐的「請託」會引發複雜無比的狀況。

第三話　我的情人不可能姊控得這麼厲害

不知不覺間，窗外的夕陽下山了，夜景熠熠生輝。

但是，現場已不再是可以與情人沉浸在甜蜜氛圍中的氣氛。

只因為亞里亞小姐離開，客廳就像暴風雨過去般變得很安靜。

那種氣息，宛如主角離開後的舞會一般。

「夜華妳和姊姊兩人相處時，原來那麼活潑啊。」

「看到等同於裸體狀態的親姊姊與自己的男朋友互相碰觸，我當然會阻止吧。還是說，我放著別管會更好呢？」

夜華以前所未有的冰冷語氣問道。

啊，她真的生氣了。那種自腹部深處感到不悅的感覺，讓我想起交往前的夜華。

試著想想，我當初是喜歡上了一開始態度冷漠的夜華，如今真令人懷念。

「才沒有互相碰觸，我只是單方面被推倒而已！因為我打從心底不想跟妳變得關係緊張。」

「看來你還保有理智。」

「如果我憑本能衝動行事，妳打算怎麼做？」我當成不可能發生的事，一笑置之地問。

「——對姊姊出手的人，不管是誰我都不會饒過他。」

她的眼神是認真的。

然而，卻只有嘴角在笑。

就連其他女生向我告白時，她都不曾以這種冰冷的方式發怒。與平常衝動地讓情緒爆發完全相反。

我窺見了夜華首度展現的一面。

對她來說，姊姊有坂亞里亞似乎是非常特別的存在。

「好了，希墨你回答我。姊姊她為什麼會跟你那麼親近？」

夜華以偵訊般的冷酷態度注視著我。

「……嗯、嗯？妳說什麼？拜託妳再說一次。」

是我聽錯了嗎？我覺得夜華的問題有點離題。

「希墨，你不打算回答嗎？還是說，你跟姊姊之間有不能說的祕密之類的？」

夜華歪歪頭。

長髮披在她的臉上，遮住了一半的表情。

如果這是電影，那就是說出錯誤的回答會被殺害的橋段吧。

「等一下。夜華，妳並非在懷疑我和亞里亞小姐劈腿對吧？」

「啊？」

對不起！別這樣狠狠瞪著我。

「你不可能會劈腿吧。還是說因為姊姊她長得漂亮，難道……」

「沒這種事！堅決沒有！這絕不可能！」

「嗯，只有這一點，我並不擔心。」

當我立刻否認，夜華也坦率的點點頭。

那份信賴讓我非常高興。

「而且，我不認為姊姊有把希墨當成男人看待。」

她乾脆痛快地斷言。這時候或許應該反駁，但我也坦率地接受了這個說法。

那個人居住在另一個世界。是天上閃耀的第一顆星。是很少有機會遇見的超級巨星。

這樣的亞里亞小姐會看中的對象，應該是能力優秀得離譜的超人吧。

像我這種凡人，從一開始就不列入考慮。

雖說是剛睡醒，亞里亞小姐對於自己相當於全裸狀態也毫不慌亂，也證明了她對我沒有任何想法。

「呃～既然不懷疑我劈腿，妳為什麼這麼生氣？」

我為沒被懷疑劈腿感到安心，另一方面卻對夜華生氣的理由毫無頭緒。

我側耳聆聽，等待夜華說話。

「我是在問你，你是怎麼受到姊姊青睞的。」

夜華氣勢洶洶的態度，讓我不禁退縮。

「……咦，是那方面？」

「為什麼希墨會那麼驚訝啊？」

不滿意我的反應，夜華的心情變得更差了。

「受到青睞？亞里亞小姐小姐對我嗎？」

「沒錯。不管怎麼看，姊姊她都很中意你。」

我的情人靜靜地擺出高壓態度。

「如果妳是因為我跟亞里亞小姐緊貼在一起而生氣，我可以理解。如果情人跟其他人黏在一塊，我也絕對不願意的。」

「那是當然的吧。希墨，你是不是在裝傻想要蒙混過去？」

咦～我的反應很奇怪嗎？

因為夜華太過堅定不移，我不由得懷疑是不是自己的解讀方式出了錯。

「夜華，讓我整理一下。我是認真地提問，可以嗎？」

「真沒辦法。」

我的反應不佳，讓夜華不甘願的同意了。

「妳是不高興妳姊姊對我採取親近的態度對吧？不高興我們看起來感情很好。」

我把話掰開了揉碎說清楚。

「我從一開始就這麼說了啊。」

「好。但這樣的話，代表妳在嫉妒我耶。」

「別一一指出我在意的事情。你是在挖苦我嗎？」

「咦……咦咦～」

夜華出乎意料的姊控態度，讓我只能虛脫無力。

總之，她似乎是不高興最喜歡的姊姊理會自己以外的人。

她對於姊姊的愛也燒得太旺了。

已經是高中生，還對親姊姊抱著如此純真無邪的心情，我想相當少見吧？這使我回想起自己妹妹的直率。

「總之，我不准你跟我姊姊感情好！」

夜華小姐狠狠地指向我。

「……沒想到我會有被夜華嫉妒的一天啊。」

情人對於我跟她姊姊親近感到不滿。

我與先前被亞里亞小姐騎在身上時，在不同意義上陷入混亂。

這對漂亮姊妹到底打算要玩弄我到什麼程度才過癮呢。

「因為姊姊和希墨親近，讓我很火大！這有錯嗎？」

「與其說有錯，不如說我單純地不明白。」

「這是好機會，我來向你說明我的姊姊有多麼特別。」

我被強制坐到沙發上。

夜華兩眼發光，直接站著熱烈地開始談論她的姊姊。

「姊姊是我的憧憬與目標！我一直想變得像姊姊一樣，不管任何事都模仿她。她總是排名第一，又是美女，是無論什麼事都能輕易做到的厲害人物。她完美無缺，沒有任何不擅長的事情。」

她突然大力讚美。能夠如此毫不害羞地讚賞自己的姊姊，真了不起。

「剛才她只穿著內衣，妳不是才唸過她嗎？」

「姊姊她總是全力以赴，在耗盡力氣時就會像電池沒電一樣動彈不得。所以周遭的人應該要支援她。」

我看她這樣子，是覺得喜歡的人連缺點也很可愛的模式吧。

就和我對於夜華的感覺是一樣的。

「那麼，包含唸人在內，妳喜歡照顧姊姊嗎？不會很辛苦嗎？」

「因為我喜歡做家事，能夠自己做反而高興。」

「妳超級奉獻的耶！」

「我純粹是喜歡整潔而已。」

夜華坦然地說。

我望向還擺了一架像學校音樂教室裡那種大鋼琴的寬敞客廳。每個角落都閃閃發亮。房間數量明明也相當多，夜華卻一個人維護了環境的整潔，真令人驚訝。

「沒想到妳會勤快地照顧那個感覺很懶散的姊姊。」

「等等，不准批判姊姊。」

我不慎的發言立刻遭到指責。這裡有個姊姊警察。

「呃～那麼具體上，亞里亞小姐哪裡厲害呢？」

「你連這種事都不知道？」

她一臉難以置信地看向我。

「除了她比妳早出生，老實說我不清楚妳們有什麼差異。妳為何如此憧憬她呢？」

在我看來，這對漂亮姊妹都很優秀。我頂多只看得出兩人性格正好相反這個差異。

「我小時候很愛哭。爸媽工作不在家，我能夠撒嬌的對象只有姊姊。我經常為了一點小事哭泣，她每次都會抱著我安慰我。因為我不願意和姊姊分開，那時候我們總是在一塊。」

「原來妳從小就很黏姊姊啊。」

夜華害羞地點點頭。

「上小學以後，因為姊姊她非常引人注目，我在低學年也聽說了各種事蹟。每當有人說她很厲害，我就覺得自己也受到稱讚了一樣，覺得很開心。所以，我開始想著，我也想變得像姊姊一樣。」

家庭中小孩年齡差距大時，年齡較小的孩子模仿年齡較大的孩子，並不稀奇。

特別是在有坂家，因為姊妹兩人獨處的時間很多，所以亞里亞小姐變成夜華最好的範本也是自然的發展吧。

「姊姊做過的事情，不管是什麼我都會試著模仿。在高年級時，我還主動報名過班級幹部呢。」

「這從現在的妳真是難以想像。」

夜華面露苦笑表示她自己也這麼認為。

「國中時，姊姊已經畢業我才入學，姊姊當時留下了許多傳說。這就是所謂讓老師操心的優等生嗎？她成績是學年第一，又長得漂亮，所以很受歡迎，行動力也很驚人，在學校活動必然會引人注目，國中三年間好像一直都處在話題的中心。」

「啊～我可以想像。只差一線之隔就是問題兒童這方面，也很有亞里亞小姐的風格。」

「不能理解姊姊的人才奇怪。可惡的凡人們。」

碰到姊姊的事情，夜華就像變了個人一樣激進。

「那麼，妳身為她妹妹，也相當受到矚目吧？」

「嗯。就像周遭的人單方面地認識我，感覺很噁心。當時我想著，別管我了，給我稱讚姊姊啊。」

國中時的夜華已經顯現出不愛人際來往的徵兆，但她本人並未察覺。

「那壓力當然很大吧。」

「我反而意識到，讓姊姊的傳說永續流傳下去是我的使命。」

「妳也太崇拜姊姊了吧！」

居然致力於傳教活動？

「對我來說，姊姊就像是神一樣。」

「那樣穿著內衣在客廳裡徘徊的神明，有點降格耶。」

「對啊。所以，只有我才看得到姊姊不成體統的模樣。然而，希墨居然擅自看了。」

她對我嘖了一聲。

那股憤怒是獨占欲惡化的結果嗎？到底是多嚴重的姊控啊。

「然後呢，在國中的情況怎麼樣？」

在夜華再次點燃怒火前，我催促她往下說。

「結果，那是一段使我體會到自己與姊姊的差距，滿是挫折的日子。愈模仿姊姊，知道姊姊的高年級生與老師愈會說『妹妹很普通呢』這種話。真令人火大！」

「我看那反倒是誇獎吧……」

我隱約這麼覺得。夜華不會超出必要地鬧大事情，做事周全，我想她作為優等生是更令人慶幸的存在。

「哪邊是誇獎啊？」

可是，她本人似乎很不滿。

愛鑽牛角尖或許是年輕的緣故，不過她到現在還能以這股熱情的能量將姊姊理想化來談論，真了不起。

「……但是，我對自己也有同樣的看法。和姊姊相比，我的確沒什麼大不了的吧。」

「夜華妳太低估自己了。因為與亞里亞小姐比較，誰都贏不過她的。」

「我也大約在國二時終於發現這件事。愈以憧憬為目標，愈會清楚地感受到她的偉大以及和我之間的遙遠差距。」

我終於感覺到過去與現在的夜華連結起來的氣息。

「妳花了很久來發現呢。」

「因為姊姊也好幾次忠告過我，她說『別再模仿我了』。」

「即使挨罵，妳也沒有停止模仿吧。」

我憑直覺指出這一點。

「因為要是失去姊姊這個目標，我不知道要怎麼辦才好……」

如果失去目標，人就會迷失方向。

特別是夜華，被自己憧憬的對象直接批判，想必大受打擊吧。

「而夜華也很笨拙。妳變得更加固執，又挨她罵了吧。」

「嗯。每次與她商量，她就會告誡我。」

「最後怎麼樣了？」

「當時的姊姊在高中非常忙碌，與我談話時間愈來愈少。於是，我難得地向姊姊抱怨，問她為什麼不陪我。」

「很像是姊控會說的話。那她怎麼回答？」

「『跟男朋友共度的時光很重要，這也沒辦法吧』，她這麼說。」

「咦，亞里亞小姐當時有男朋友？」

這一點也令我很受衝擊。那個人看中的人類，究竟是何方神聖。

「就是說吧！我太過震驚，變得什麼事都沒心思去做。覺得一切都無所謂了。」

「一直向她撒嬌的姊姊不管自己，選擇了別的男人，難怪妳會受傷。」

重視情人勝過家人，很像青春期會有的行動。

「希、希墨你也是，當小映成長到高中年紀，突然帶情人回家，你一定會很沮喪。」

「沒這回——……！」

我想像那個場面，不由得垂下頭去。

「的確會覺得心裡悶悶的。」

「就是說吧！明明是家人卻有了自己不知道的部分，讓我只能用想像力在空轉。」

夜華好像到現在還沒忘記當時心中的糾葛。

「非常尊敬又理想化的姊姊突然對自己展現出赤裸裸的一面，是會變得厭惡一切吧。」

「更何況，那個對象有點特殊，或者說複雜……」夜華突然含糊其辭。

「咦，這是太深入談論會不太妙的話題？」

我有點好奇。

「總之！我在不久後開始覺得輕鬆地找我攀談的同學很煩人，也變得討厭有人擅自盯著我看。我終於察覺，與人接觸就是我壓力的來源。」

對她本人來說，大概自認為是個大發現吧。

於是，我所知道的不信任人類的有坂夜華就此完成了。

「所以，妳才會在高中也變得迴避交流嗎？」

「沒錯。直到某人糾纏不休地跑來美術準備室為止是這樣。」

我與夜華四目交會，爆笑出聲。

「夜華，該坐下來了吧？這樣站著說明也會累吧？」

「我無法和敵人勾結。這可是在最糟的情況下，必須踢掉希墨的危機邊緣。」

哇喔，表情超級認真的。她還在敵視我。

「亞里亞小姐的存在究竟有多偉大啊。」

「我也看不慣你這樣隨意地稱喊她亞里亞小姐。」

姊姊鐵粉對稱呼方式也非常講究細節。

「那麼，如果妳不坐到我身旁，我就不解釋與妳姊姊的關係。」

「這樣太詐了！」

「啊～除非妳坐在我旁邊，不然我不說～」

我拍了拍身旁，催促夜華入座。

夜華一邊在意走廊那邊，一邊在我旁邊坐下。

就像不讓中了陷阱的獵物逃脫一般，我霎時間用力抱住夜華的肩膀。

「等、等等，這裡是我家裡！」

她在意姊姊的存在，拚命壓低音量。

「靠近一點比較方便說悄悄話。」

「明明是在客廳，這樣不妙啦。姊姊也不知道什麼時候會走回來。」

「那要改去妳的房間嗎？」

「這個……」

「我是無所謂。」

「希墨好色。」

「只是講講話而已。」

「……只是講講話，就結束嗎？」

夜華抬眼發問。

忸忸怩怩的夜華放棄了抗拒。

「我說過很多次，以後也不會改變，我最喜歡的女孩在世界上只有有坂夜華一個人。我不可能變心喜歡妳以外的人。」

「嗯，謝謝你。希墨。」

夜華放下困惑與緊繃感，恢復平常的從容。

「——可是，我沒聽說過你跟姊姊認識。詳細解釋給我聽。視情況而定，我可不會善罷甘休。」

她保持微笑的表情，再度用令人背脊發寒的聲調逼問我。

我向抱著猛烈姊控情節鑽牛角尖的妹妹陳述事實。

「在黃金週前，大家曾一起去KTV唱歌吧。妳記得在回家路上，我向妳說明過車站前的日周塾補習班嗎？」

「嗯。多虧了那裡可靠的講師，讓你考上了永聖吧。」

「那位補習班講師就是亞里亞小姐。我也是剛剛才想起來的。」

「一般而言，你應該會在向我說明的途中發現吧。因為我們都姓有坂。」

「妳說得很有道理。但因為我受到的心理創傷太深，大腦連同她的存在在內，消除了那段記憶。」

「都接受姊姊指導了還挑剔。」

「我說啊，備考期間可是天天只有K書的一成不變日子喔。要是當時迷上了其他東西，我就不會考上永聖。」

我稍微加重語氣回嘴。

很遺憾的是，我並非放著不管也能讀好書的類型。如果不努力成績就不會進步，既然目標遠超出我的實力，是必須拚命努力才能達成的。

「吶，你為什麼報考永聖呢？」

「因為很近。」

「我總覺得你在敷衍我。」

「是真的。既然要讀三年，學校近一點比較輕鬆吧。而在亞里亞小姐的斯巴達式指導下，我設法考上了。當時為了跟上亞里亞小姐的亂來要求，我每天都竭盡全力，沒留下什麼快樂的回憶。」

「喔……可是你們明明是講師與補習班學生的關係，你卻直呼她的名字。姊姊也叫你『阿希』，感覺很親近。」

好可怕。夜華小姐，超可怕的。

我感覺到她身上正熊熊燃燒著嫉妒之火。

「既然是自己的姊姊，妳應該很清楚吧。那個人不管對待誰態度都超級直率。亞里亞小姐與我純粹是講師與補習班學生的關係。」

「可是情人的姊姊剛好是以前的補習班講師，世上有這種巧合嗎？」

夜華看來果然難以釋懷。

「她與當時的印象差太多了。我所知道的有坂亞里亞，不是那樣的美女。」

「姊姊從以前開始就很漂亮。」

夜華認真起來反駁。

鬧彆扭的夜華明明是同學，看起來卻像個小女孩。

「對於妳最喜歡的姊姊而言，我是無害的存在，所以放心吧。」

夜華沒有拒絕我輕輕碰觸她的頭髮。

就這麼過了好一會兒，我的戀人突然低聲說出可愛的話語。

「……姊姊比我還早見過希墨，也讓我覺得不甘心。」

「好慢！一般來說會先出現這方面的反應吧。」

「有什麼關係！雙方對我來說都很重要啦！」

夜華像遷怒般輕輕拍打我。

「別打我，會痛啦。」我抓住夜華的手腕。
「希墨，放開我。」
「我不要。」
「為什麼？」
「因為我想成為妳的第一位。」
我將身體依偎向夜華。
「你早就是第一位了。」
「我想更切實地感受到。」
我就像要探頭注視夜華的臉龐般靠近她。
「要怎麼做？」
「我偶爾想用言語之外的方法來確認。」
我原本抓著她的手腕的手往下滑，改為十指交纏地握住她的手。
「好難為情。」
「那就閉上眼睛。」
另一隻手悄悄地環住緊張得渾身緊繃的夜華的細腰。
「真害羞。」
「只要放鬆力道就行了。」

夜華坦率地照做，胸部配合呼吸緩緩地起伏，她靠在我身上。

「……我是第一次，所以不太懂。」

「我也是。」

「要溫柔喔。」

「我知道了。」

夜華這麼說著，閉上眼睛。

和今天早上作的夢不同，我碰觸到的她的體溫確實存在。

我準備在現實中拉近兩人間的距離——

「真讓人焦急。快點接吻啦。」

亞里亞小姐從門縫偷偷探出頭，猛盯著我們看。

她屏住呼吸，眼中閃爍著好奇的光芒，目不轉睛地觀察我們的互動。

氣場那麼強烈的人就算偷偷摸摸躲起來，還是顯眼得不得了。

「亞里亞小姐！」

「哎呀～你們實在太青澀了，讓我等不及啦。都忍不住喊出聲了。」

「姊、姊姊！妳是從什麼時候開始看的？」

夜華也慌忙跟我拉開距離。

「從『希墨，放開我』開始。」

「從那時候就在看了？」

她把我們即將接吻前的整段互動都看去了嗎？真難為情。

而且她還特地模仿夜華，營造出氣氛。別這麼做啊。太像了。

「真是的，有夠久，太吊人胃口了！順勢親下去啦，你考慮太多了！」

「為什麼我非得聽跑來礙事的電燈泡抱怨不可啊……」

我總覺得不能接受。

除了婚禮，親人接吻的瞬間是會讓人想要目睹的場面嗎？還是說在姊妹之間，以女孩子聊私房話的調調赤裸裸地分享這種事也沒問題？

不，看看夜華充滿絕望的表情，似乎並非如此。

「沒辦法。請別介意，再試一次！這次我會默默地在旁關注的。」

「不要看！」

夜華終於發飆了。

「哎呀～原來妳在男朋友面前能夠那麼坦率的耍任性啊。」

亞里亞小姐以一身牛仔短褲配吊帶背心的輕便裝束現身。

「姊姊，這是在男性面前，要挑暴露度低的服裝。」

「不是穿睡衣就算好的了吧？」

「絕對不許那樣穿！」

◇◇◇

因為亞里亞小姐肚子餓了，我們從客廳前往餐廳。

儘管實質上只有兩人居住，餐廳擺著一大張長方形餐桌，也準備了許多椅子，看來可以輕鬆地舉辦小型派對。

「……不，妳為什麼自然地坐到我身旁？」

「咦，這樣說話比較方便啊。」

當我隨意找張椅子坐下，亞里亞小姐來到我右側的座位。

而且她還把原本等距擺放的椅子，拉近到肩膀幾乎相碰的距離。

「姊姊，和希墨離遠一點。」

從廚房裡端著飲料與麵包、水果、火腿等輕食回來的夜華，看到座位分配流露不滿。

「以前你留下來接受個別指導時，我也是像這樣坐旁邊教你功課呢。」

亞里亞小姐打從一開始就毫無挪動的意思。

夜華坐到我的另一側。

「左擁右抱啊，阿希。你什麼時候變成玩弄姊妹的壞男人了。」

「希墨。極力離姊姊遠一點。」

「這是叫他要緊抱住小夜？好積極啊。」

「我才不是那個意思！」

調侃人的姊姊，被調侃的妹妹。

有漂亮姊妹陪侍兩側，我處在對男人來說爽翻天的狀況。

我想乾脆好好享受，但其中一方是有著美女外形的恐怖大魔王。

「來，阿希。你來削皮。」她將鮮紅的蘋果與水果刀推過來。

「請自己削啊。」

「我喜歡別人幫我服務。拜託你了。」

「姊姊！我來吧。」

姊姊鐵粉主動削起蘋果皮。她的動作很熟練，相連不斷的蘋果皮愈來愈長。

這時候，我終於問了想問的問題：

「話說，大魔王的外表改變太多了。這個大變身是怎麼回事？妳以前都在變裝嗎？」

她外表給人的印象截然不同，簡直像遊戲最終頭目的第二型態變化一樣。

那個不起眼的補習班講師消失到哪裡去了。

當時的我絲毫沒有發現，在口罩底下隱藏著不比夜華遜色的美貌。

「我當補習班老師時，穿的也是我的便服。和高中不同，上了大學以後不是沒有制服嗎？每天挑不同的衣服很累人嘛。反正都住在研究室裡只顧著做實驗，也沒必要在意外表。

化妝也很麻煩，我就想說只要用口罩和眼鏡遮住臉就行了」

「不只理由隨便，做事也太隨意了！」

無論外表是怎樣的大美女，內在都是我認識的補習班講師。

「說著這種話，阿希你還不是一樣，有坂這個姓氏，與我相像的罕見美貌。一般來說會由此發現小夜是我妹妹吧。」

「因為我那時候都在拚命解題庫，沒時間去看亞里亞小姐的臉。」

「唉，如果你對我看得著迷，是絕對不可能考上永聖的。剛進補習班的你明明沒有希望，偏偏只有目標特別高。」

亞里亞小姐舔掉沾在手上的果醬。

「啊啊，遺忘的心理創傷復甦了。光是回想起那個大量的題庫地獄，都讓我覺得不舒服……」

「為了使你考上，那個分量都是底限了。」

「真的假的……」

在瀨名希墨的人生中，沒有比那段時期更專注於用功的時候。我想坦率地誇獎當時自己的努力。既然即使如此還是底限，我能考上，是受惠於亞里亞小姐指導能力吧。

「還有，亞里亞小姐為什麼在高中附近打工呢？妳明明住家裡，又忙於學業啊。」

從這間公寓來看，亞里亞小姐不太可能缺錢。

「我打工的目的，是用來打發跟紫鶴見面前的時間。」

夜華的肩膀驚跳了一下，連成一條的蘋果皮因而斷了。

「我是為了妳的打發時間而受折磨的嗎？」

像有坂亞里亞一樣的人，就是所謂的天才吧。

她不在意外表，言行舉止天真無邪。但動腦的速度異樣迅速，會正確地掌握狀況，做出準確的指示。

她會當場理解我是對問題的哪裡卡關，看出要怎麼引導我才能以最短的路徑成長，並給予我超越極限所需的建議。

最可靠的是，她非常擅長操控動機。

我在許多次的隨意閒聊中，不知不覺間受到她鼓動。

我總覺得她用全力誇讚與絕妙的挑釁，激發了我的志氣和幹勁。否則，我不可能僅靠自己的自制心完成那些多得要命的課題。

就這樣，我在不知不覺中上了亞里亞小姐的當，被激發出超乎極限的力量，成功地考上第一志願永聖高中。

然而，天天宛如拉車馬般辛苦地準備考試，我在放榜的同時燃燒殆盡。

「有什麼不好的，沒有斯巴達式教育，阿希你就不會考上。」

「如果要說有好結果就行了，那是沒錯啦。」

「因為你信任我，那是當然的結果。而且你現在還能跟小夜這個美少女交往。走運的傢伙，真是可恨。」

亞里亞小姐戳戳我的臉頰。

「好痛，指甲刺到我了，臉頰要少一塊肉了。」

「希墨還有姊姊，你們距離靠太近了！說起話來太熟不拘禮了！」

夜華鼓起腮幫子，鼓得像麻糬一樣。

「別誤會。這個人所說的話永遠都是猛藥。無論好壞都用亂來的要求換得莫大的成果，相對的強迫人承擔很大的辛勞。如果覺得不喜歡，不當場發洩出來心靈會受傷的！絕不是出於親近！我採取隨意的態度，是為了盡量確保自己心中的從容！」

我快速地說明來自於實際經驗的對策。

與天才這種影響力強大的存在持續相處的方法，大致有兩種模式。

像夜華一樣醉心並信奉對方，或是像我一樣劃分界線保持一定距離，以免迷失自我。

「我也覺得聽阿希發牢騷滿有趣的喔。」

「看吧，她本人也允許了，沒有問題！」

為了避免死亡，生物會嘗試適應嚴酷的狀況。

我也為了避累積龐大的考試壓力，自然而然地變得對亞里亞小姐暢所欲言。

我之所以能夠沒有半途放棄努力到最後，大概是因為我在信任亞里亞小姐指導的同時，也有坦率地吐苦水與發出抱怨吧。

「不過，你們關係好融洽。」

「頂多就像是旁若無人的姊姊與講話囂張的弟弟一樣，妳放心啦。」

「別擅自跟姊姊成為一家人！」

舉例失敗了！

不過，這對於第一次目睹妹妹在男朋友面前態度的姊姊效果顯著。

「小夜很迷戀阿希呢。真火熱。你們該不會放學後，一直都在美術準備室裡打情罵俏什麼的？」

亞里亞小姐開玩笑似地取笑。

「我才不會告訴姊姊！」

夜華，這樣說等於是自白啊。

亞里亞小姐意味深長地瞇起眼睛，看了過來。

「可愛的妹妹沉溺於戀愛，染上男人的色彩。我有點受打擊了。這就是叛逆期嗎？」

嗚嗚嗚～亞里亞小姐動作刻意地哭倒在沙發的扶手上。

「……妳只有小劇場演得很爛呢，亞里亞小姐。」

「你說什麼，偷妹賊。」

「太不講理了。」

對以前學生的友善態度似乎是幻覺，她突然變得很嚴厲。

「居然在傳了小夜泳裝照片給你的恩人面前打情罵俏，膽子還真大。反正你沒有刪掉吧。」

「唔！哪裡不好提，偏偏在她本人面前提起那個話題嗎？」

被說中要害的我，怨恨亞里亞小姐的殘忍無情。

黃金週時，有坂家去了國外的南洋島嶼旅行。亞里亞小姐傳送的夜華獨家泳裝照，完好地儲存在我的手機裡。

「希墨，你還沒刪掉嗎？」

「亞里亞小姐才是，擅自亂動妹妹的手機不好吧。而且還刻意傳LINE給妹妹的男朋友，這是侵犯隱私權喔。」

我設法轉移夜華怒火的標的。

「有什麼關係。阿希很高興，我也和小夜聊得很開心。這是雙贏呢。」

亞里亞小姐試圖把事情當成美談般地做總結。

「才不開心！我一直都在生氣吧！」

「就連妹妹的咒罵，對我來說都等同於天降甘霖。」

看樣子夜華的訓話對亞里亞小姐沒什麼效果。

而亞里亞小姐自己似乎也相當喜歡夜華。

真是一對難搞的姊妹。

「……真虧妳知道我是她男朋友，沒傳錯人呢。」

我一邊斟酌言語一邊發問。

無須猜測，我認為亞里亞小姐對我們撒了大謊。

「因為最上面顯示了阿希的名字，我馬上就看出來了。」

亞里亞小姐像誇耀惡作劇的小孩般地自吹自擂。

我回想與照片一起傳過來的訊息「要感謝我喔，男友君。　BY小夜的姊姊」。然後確定了。

「……——亞里亞小姐，妳早就知道我是夜華的情人了對吧。」

我像告誡無法狡辯的犯人的刑警般地問她。

「你、你在說什麼？」

「至少在傳送照片時，妳絕對已經發現了。不然的話，妳不會傳照片。」

當我這麼斷言，亞里亞小姐眼神游移。

「希墨，這是怎麼回事？」

夜華對於姊姊突然的變化感到疑惑，向我尋求說明。

「妳在手機裡登錄的聯絡人，除了家人以外，只有我和瀨名會的大家吧。」

「嗯。」

「在這些人裡，妳互動最多的對象是誰？」

「當然是希墨。」

「要傳送照片與訊息，必須打開我和妳的對話時間軸。只要看到對話內容，一下就會發現妳在跟我交往吧。」

夜華張大一雙大眼睛，更加吃驚了。

有交往之前，夜華很少進行訊息互動。

而且瀨名希墨這種少見的名字，連我自己也不曾看過與我同名的人。

也就是說，亞里亞小姐從一開始就發現了夜華的情人是我這個以前的學生。

在知道的前提上，表現得好像初次聽說一樣。

話說，情侶之間的互動被別人看到，還挺難為情的。

「真不愧是我以前的學生。你變得比我想像中更聰明，我很佩服。」

亞里亞小姐直到今天為止都知道夜華的情人是瀨名希墨，一直都在裝傻。

「妳為什麼要做這種不直截了當的事呢？」

「這就是複雜的少女心。因為我沒想到妹妹會喜歡上你。」

「那種心思細膩的人，可不會擅自傳偷拍的照片給別人。」

換成一般人，應該會忍不住原諒美麗的亞里亞小姐的淘氣之舉吧。

但是，這對流著同樣血緣的夜華不管用。

「嗯，姊姊。這實在令我難以置信。」

面對姊姊不帶惡意的侵犯隱私權，連夜華也覺得很倒胃口，用缺乏情緒的聲調說道。

從她慌忙試圖討好妹妹的反應來看，可以清楚看出亞里亞小姐也打從心底喜歡夜華。她似乎不想真的遭到妹妹討厭。

因為鬧彆扭的夜華還是要給姊姊做晚餐，我也決定今天先回家了。

亞里亞小姐熱情地挽留我，但遭到夜華駁回。

在玄關送我離開的亞里亞小姐，最後對我說了一句意味深長的話：

「我跟阿希最近或許會再見面呢。」

「這樣我很害怕耶。」

結果不出所料，我的預感猜個正著。

第四話　亞里亞，來校

在發現夜華的姊姊是亞里亞小姐，過了幾天的放學後。
二年A班的班導神崎紫鶴老師，正在講台上主持放學的導師時間。
我們班自豪的美女老師，正以嘹亮的冷靜聲調告知事務性的聯絡事項。
她的外表散發著知性的性感，給人冷淡的印象。不過，她對每個學生的關心總是細緻入微。她會注意到暗中抱著煩惱的學生，好好給予關懷。
這樣的神崎老師深受學生們愛戴。
「第一學期的期末考就快到了。不想在難得的暑假來學校補習的人，不要疏於準備。」
她語氣平淡，但在該嚴格地方會嚴格。
但是，如果不是我多心，今天的老師有些無精打采。
一向保持面無表情，冷靜的神崎老師，流露出疲倦之色。
總是端正有禮，無懈可擊的人會這樣，十分少見。
「…………」
「以上便是聯絡事項。班長，喊口令。」

「…………」

「瀨名同學。」

我被呼喚名字，與老師目光相對。

「導師時間結束了。請喊口令。還是說，你還有事情？」

班上輕輕響起一陣笑聲。

自從發出情侶宣言後，當我恍神時，老師就會一臉認真地嘲弄我。

「啊～那麼我想知道期末考的答案。」

「贊成！」「這樣就不必熬夜臨時抱佛腳了！」「說得好，班長！」對我臨時想到的反擊，同學們全都表示贊同。

「請別說夢話，好好用功。其他同學也一樣。明年夏天會因為準備考大學，沒有時間玩喔。正因為如此，請充實地度過高二夏天。無論在讀書或遊玩方面都是如此……因為就算突然焦慮起來，事情也不會順利的。」

對於老師這番異樣充滿真實感的話語，班上響起「是～」的回應聲。

「如果有不懂的地方，待會兒我會回答問題。以上。」

我重新喊出口令，今天結束了。

「看你剛才在發呆，是怎麼了？」

一身夏季制服的夜華先行走來我的桌旁。

她上半身穿著白色罩衫與制服背心，下半身是百褶裙，即使在夏天也穿及膝襪。領口的蝴蝶結繫在正確的位置。即使換上單薄的服裝，也展現出夜華一絲不苟的性格。

「不，我是在想，距離期末考也沒幾天了。」

在講台前，已經圍了一圈找神崎老師問問題的學生。

站在中心的神崎老師，感覺蒙著一層陰影。

「希墨，你要看那個班導師的臉看多久啊。」

「老師的樣子是不是怪怪的？」

「大概是身體不舒服吧。」

夜華一副不感興趣的樣子，拉著我的手帶我走出教室。

她還是老樣子，對神崎老師態度嚴格。

◇◇◇

「夜學姊，還有希學長也順帶救救我！期末考陷入大危機！請再教我功課～！」

我們一走下樓梯口，從暗處出現的學妹就這麼哀求。

等著我們的人，是一年級的幸波紗夕。

她在今年進入永聖高中，是我國中時代的學妹。

染成奶茶色的淺棕色頭髮長度在肩膀之上，微捲的輕盈髮梢展現她活潑的性格。眼眸晶亮，嘴唇泛著光澤。一條細鍊在脖子上閃閃發光。裁短的裙子下，露出耀眼的健康長腿。她是個以自己的方式穿搭制服，享受打扮樂趣的時下女高中生。

「妳對我的待遇還有拜託的順序不會怪怪的嗎？」

「功課只要有夜學姊在就不成問題。希學長不就只是附帶的嗎？」

既可愛又不可愛的學妹今天講話也毫不客氣。

「因為我在期中考前，舉辦了瀨名會的應考K書會，所以妳才沒有不及格吧。」

「噗！之前明明那麼不願意接受瀨名會的命名，一掌握權力之後就擺出高高在上的態度。太過施恩求報可是會惹人厭的喔。」

在單純的朋友集會中擔任徒具其名的幹部職務，會產生什麼權力啊？

「別赤裸裸的貶低我。」

「這都是因為希學長只有在無關緊要的時候，才會主張自己的功勞。」

「把人講得一文不值更加惡質喔。」

我們一點也不顧忌地互相毀謗。

「好了好了，別像平常那樣鬥嘴了。那麼紗夕，這次妳是對什麼感到頭疼呢？」

看不下去的夜華進行調停。

「夜華，不必幫這種囂張的學妹。」

「紗夕都這樣來拜託我了，所以沒關係。」

「咦～放學後要度過兩人獨處的快樂時光吧。」

「只是在家庭餐廳教你功課而已吧。就算紗夕一起來，也沒差別吧。」

夜華了解我在開玩笑，輕描淡寫地當成耳邊風。

夜華在與我以外的人接觸時，逐漸變得不那麼緊張了。

當然，她和紗夕已在瀨名會聚會時見過好幾次面，也是一大原因。

夜華可以像這樣跟認識沒多久的對象輕鬆交談，而紗夕也不多作顧慮地找她幫忙。

兩者都讓我心懷感謝。

「不愧是夜學姊，真是可靠！」

結果，紗夕也決定跟我們一起前往常去的家庭餐廳。

正當我們邊聊天邊走出校門時，一輛計程車停在我們眼前。

「咦，你們特地出來接我呀？」

瀟灑下車的，是一位美得讓人倒抽一口氣的女性。

因為臉小，襯托得她所戴的深色大號太陽眼鏡特別大。

女性身材好得令人驚嘆，衣著時尚，我心想是不是模特兒或藝人現身了。

不明白神祕美女極為自然地開口攀談的理由，我和紗夕面面相覷，以眼神詢問：「是你認識的人嗎？」

我和紗夕都毫無頭緒。

但是，唯有夜華不同。

「——妳、妳為什麼、會來這裡？」

動搖的夜華像故障的機器人一樣結結巴巴地問。

「咦～怎麼了？怎麼沒什麼反應？不衝過來給我個喜悅的擁抱嗎？」

美女摘下太陽眼鏡。

那位女性的真實身分是夜華的姊姊——有坂亞里亞。

「咦咦——？」

神祕美女的真實身分，令我不禁錯愕地驚呼。

她的打扮與之前在家中的隨意穿著，與補習班講師時代不起眼的服裝，簡直是異次元。

長髮打理整齊，與夜華相似的五官透過化妝更加襯托出好底子，強調了華麗的性感。上衣是貼合身體線條的夏季無袖針織衫，突顯出女人味。腰部繫著高級品牌的皮帶。由不同材質拼接的時髦長裙下半部微微透明，可以清楚看出小腿有多修長。一條金腳鍊在纖細的白皙腳踝上閃爍。腳上是一雙鞋跟很高的穆勒鞋。

偏向休閒的穿搭，乍看之下很簡單。

然而，她出類拔萃的美貌與身材吸引了周遭的目光。

穿著適宜的高級服裝，畫著完美妝容的亞里亞小姐。

她宛如好萊塢明星般，散發著耀眼的光芒。

看到突然出現的非凡美人，連走在附近的其他學生們也發出騷動。

那與放學後的高中不相襯的存在，讓我聽見了「是不是在拍電視外景？」這樣的低語聲。

近距離看見亞里亞小姐的沙夕被她的美貌所震撼，說不出話來。

「妳為什麼會在學校呢？」

夜華發問。

「我來跟紫鶴見個面啊。」

她說的紫鶴，當然是指我們二年A班的班導神崎紫鶴老師。

而且也是亞里亞小姐在校時的班導。

「我、我都沒聽說！」

「我沒有說過會來啊。因為突然有空嘛。」

為了見從前的班導師，畢業生似乎用來散步一下的調調，特地在平日傍晚搭計程車前來。而且還是盛裝打扮而來的美麗女大學生。

她還是老樣子，是個無法用常識衡量的人。

「話說，小夜怎麼有些疏遠？這樣見外好寂寞。」

「家、家人突然出現，當然會覺得尷尬啊。」

我懂。到了高中生年紀，如果家人突然出現在朋友面前，會覺得很難為情。實際上，去年被爸媽帶來參加文化祭的妹妹映玩得不亦樂乎時，我就心想拜託饒了我吧。

被家人看到自己在學校裡的一面，感覺非常奇怪。

不僅如此，特別顯眼的有坂亞里亞會不由分說地受到許多矚目。

就連正在放學路上的學生們都停下腳步，圍著我們觀看。

夜華滿臉為難。難得能跟最喜歡的姊姊見面，但因為有其他人在看，讓她沒辦法坦率以對吧。

「咦～可以見面，我可是很高興的說。」

不在乎周圍視線的亞里亞小姐，我行我素地一派愉快。

無論由誰來看，她們都是一對漂亮姊妹花。

然而，她們的氣質簡直是兩個極端。

開朗擅長社交的姊姊和冷靜內向的妹妹。

「那麼——在那邊的是阿希的朋友嗎？很可愛的孩子呢。」

亞里亞小姐完全掌控了現場。

在她的視線注視之下，紗夕不禁揪住我的襯衫衣角。

「她也是夜華的朋友。」我代替她回答。

「哎呀，真驚訝。阿希，介紹一下我吧。」

亞里亞小姐似乎真的覺得出乎意料。

我也很意外。

亞里亞小姐之所以擅長教學，是因為觀察能力很強。她會透過言行舉止掌握對方的內心想法，朝她意圖的方向誘導。

我在補習班接受指導時，她也會輕易看穿我疲累與提不起勁的時候，強行激發我的幹勁。

現在那份過於敏銳的判斷力，比起當時變得遲鈍了嗎？

還是說——或許只有夜華是例外。

「妳自己隨心所欲地報上名字不就行了嗎？」

其實知道違抗她也只是浪費時間，我不想簡單地屈服於恐怖大魔王，忍不住反抗。

「這種事情步驟很重要。偷懶跳過過程的男人，很快就會遭到厭倦喔。好了～」

她給了我不知為何奇妙有說服力的建議。

只是，被比誰都更一口氣跳過過程的亞里亞小姐這麼說，我有點不爽。

「那個，希學長。這位不比夜學姊遜色的超級美女，該不會是……」

看來迫不及待的紗夕，小心翼翼地問我。

「嗯。這個人是夜華的姊姊。亞里亞小姐，她是幸波紗夕，讀一年級。」

我介紹雙方。

「夜學姊的姊姊？」

「是的～我是小夜的姊姊！我妹妹一直受妳照顧了！」

亞里亞小姐和藹可親又活潑。

漂亮姊妹花長得很像，卻有許多不同。我感覺到紗夕驚訝的想法。

「那張彷彿在發光的臉是什麼啊！這是美的暴力！是輝夜姬轉世嗎？」

怎麼提到輝夜姬？啊，是用竹子發光跟亞里亞小姐的美麗作呼應嗎？

「紗夕，妳冷靜點。」

「希學長你才是，反應為什麼那麼平淡？」

「因為對我來說，她看起來只像是在做美女的角色扮演。」

我說出來自於過去經驗的冷靜真心話。

「啊？跟夜學姊交往，你的大腦終於故障了嗎？」

毒辣的謾罵突然迎面飛來。

「好過分的說法。那個人在作為夜華的姊姊之前，可是恐怖大魔王。」

「希學長，如果拿夜學姊當標準，會過著無法從大部分女孩得到滿足的悲慘人生喔。人生的巔峰會在高中時代結束喔。」

「講得還真難聽啊。」

亞里亞小姐沒理會沉默的夜華，過來攀談。

「吶吶。阿希你跟那孩子感情似乎很好耶。」
「她是我國中的學妹，認識很久了。我們住得近，以前也參加同一個社團。」
「喔～她該不會從那時候開始就喜歡你？而且最近還告白過，但是被拒絕了，現在恢復了以前的相處感覺？總覺得有股愛的餘香呢。」
對亞里亞小姐本人來說，大概就是句閒聊吧。
不過，第一次見面就被突然直指核心的紗夕，表情凍結了。
訂正。亞里亞小姐的觀察力絲毫沒有衰退。
亞里亞小姐從我們的一點互動看穿了內情。
一直暗戀我的紗夕在前陣子向我告白，多虧了夜華，我和紗夕才得以回到原本的學長學妹關係。如今她經常和我的朋友們作為瀨名會的一份子一起玩耍。
在臉色蒼白的紗夕旁邊，我深深地嘆了口氣。
——說謊或敷衍對亞里亞小姐不管用。
「夜學姊的姊姊不會太敏銳嗎？姊妹倆都有讀心能力吧？而且姊姊還更不留情。」
紗夕猛搖我的襯衫袖子，訴說那股恐懼。
喂，別扯得太用力。袖子會裂開。
「我很高興又有人了解那個人的可怕嘍～」
在同情之餘，我臉上浮現乾笑。

「那麼，亞里亞小姐。妳不是要去神崎老師那邊嗎？」

我心想這樣下去不會有進展，準備結束這段站著閒聊。

從剛才開始，夜華一直沉默不語。

「哎呀，對喔。那阿希你也跟我來。」

亞里亞小姐理所當然地握住我的手臂，要帶我一起走。

「咦，為什麼。與我無關吧。」

「之前我說過有事情要拜託你吧。我非常需要你的力量。好了，現在正是回報恩人的時候了。」

「那種事我可不知道啊。我接下來要讀書準備考試。」

「之後要我怎麼教你功課都行。不好意思，這次阿希就不去嘍。」

亞里亞小姐無視我的說法，準備綁架我。

「姊姊，別擅自帶走希墨。」

我的女朋友終於開口。

「這是影響小夜未來的重要大事。所以今天我不會聽妳的意見。」

「若是那樣，就更要告訴我了。」

亞里亞小姐裝模作樣地停頓了一會兒後坦白道：

「紫鶴要去相親。她說如果婚事決定了，也會辭去教職。」

「「「相親？」」」

我、紗夕，就連夜華都發出驚呼。

「吶。這是大危機吧。為了避免事情發生，阿希是不可或缺的。」

亞里亞小姐的眼神十分認真。

「我要扮演什麼角色？」

我只有涉入此事是會吃大虧的預感。

作為亞里亞小姐以前學生的經驗，這麼向我發出危險信號。

但是，彷彿看穿了我想要拒絕，她補上決定性的一句話。

「如果班導師換人，誰會最為困擾？如果是你應該明白吧？」

亞里亞小姐不安的聲音，宛如引導燈一般讓我察覺她的意圖所在。

「————」

這個人真的和以前一樣。

突然拋出難題，強制地設置若不解決就無法前進的狀況。

而且很亂來，但她一定會暗示這麼做是有意義的。

她會像這樣剝奪我的拒絕權，但讓我以自己的意志做選擇。

亞里亞小姐話中的意思——這明顯是為了妹妹夜華。

「姊姊，我也要去！」

「不行。小夜負責看家。」

「為什麼？」

「因為妳不在場，會比較快談妥。」

只為了使事情順利進行這個理由，亞里亞小姐就要留下夜華。

「我不會妨礙姊姊的。」

「就算妳在場也沒有意義吧。」

「因、因為我擔心希墨！」

「為了這種不純的理由，就更加不行了。」

亞里亞小姐完全不肯聽夜華的說法，不管她說什麼都全部駁回。

「可是！」

「小夜，別任性。聽姊姊的話。」

那句話像魔法一般，讓夜華沒辦法繼續說下去。

◇◇◇

「阿希你馬上就察覺我的真實想法（心情），幫了大忙。」

「妳剛才的行動實在太蠻幹了。夜華她非常混亂喔。不能採取更溫和的作法嗎？」

「所以，你最後才說『我只是作為班長，去問問情況而已』，巧妙地說服了她吧。」

亞里亞小姐如大聲叫好般地讚美我的機智。

我和她一起走在校園裡，前往教職員辦公室。

「作為情人，我覺得很於心不安就是了……」

「不過，你也認為這有必要，所以才會過來吧？」

她探頭注視我的雙眼發問。

「因為這是為了夜華啊。」

既然發現了，我也不能無視此事。

如果神崎老師結婚並辭去教職，班導就會換人。

雖然被夜華視為天敵，神崎老師在任何人眼中都是對學生抱著理解與關愛的優秀教師。

即使夜華本人不坦率承認，但我們確實受到她很大的幫助。

在四月傳出在外過夜傳聞時，也是有神崎老師與亞里亞小姐攜手合作，我們才能到現在都過著平靜順利的高中生活。

就算由身為情人與班長的我來支援，學生的力量是有限度的。

當然，如果神崎老師遇到緣分主動希望結婚，我也會送上祝福。即使她因此辭去教職，我也會歡送她離開。

然而，亞里亞小姐會像這樣試圖阻礙，肯定有什麼特殊情況。

「沒錯。我們總是為了小夜而行動。」

「就算妹妹不樂意也一樣？」

「人生有時候會面臨苦澀的二選一啊。」

「比起可愛妹妹的心情，妨礙從前的班導師相親更重要嗎？」

擦肩而過的學生們幾乎全都回頭看向走在走廊上的神祕美女。

就連訪客用拖鞋，由她穿起來都像是時尚單品，她本人的魅力驚人。

換成夜華一定會面露不快，但亞里亞小姐毫不在乎他人的目光，腳步宛如走在時裝秀伸展台上一樣輕快。

「——不顧一切的時刻，通常都伴隨著疼痛啊。」

「說這種好像很有道理的話。」

「唔。以前的阿希明明會老實地相信的。」

「話說，為什麼需要我？」

「因為你是最後的王牌。」

我一頭霧水。

如果要在相親當天強行闖入會場毀掉相親，找七村那種壯漢去明明效果會更好。

「見到紫鶴以後，我會告訴你。」

「這次妳會怎樣亂來呢？」

我擔心大概在前方等待的發展，嘆了口氣。

「不過，你不是願意來嗎。」

亞里亞小姐在熟悉的母校裡毫不猶豫地前進，我像手下小弟一樣跟在後頭。

「這是為了守護我與情人的快樂高中生活。」

我強調了自己的立場。

我切身體會過，若不對亞里亞小姐說清楚該說的話，就會被她的步調自動吞沒。

夜華肯定也是像這樣，從小開始就被她耍得團團轉。

雖然她本人認為自己很高興，但那接近於銘印效果。總是服從姊姊，總是和姊姊一樣行事，應該作為唯一的正確答案，烙印在夜華心中了。

如果進入青春期，對太過優秀的姊姊萌生了反抗心，她大概會乾脆地走上另一條路，但不知是幸或不幸，夜華到現在也打從心底很喜歡亞里亞小姐。

太強烈的憧憬，有時會過於束縛自身。

剛剛被亞里亞小姐留下的夜華，悲傷的表情就像個小女孩一樣。
「講著這種話，我看你會被小夜迷住，其實是從她身上感覺到我的影子之類的？」
「不可能有這種事。」
我對亞里亞小姐的玩笑話一笑置之。
「馬上回答還真過分。當真對我毫無興趣，好好笑。第一次有人對我這麼說呢。」
這位美女不顧忌他人眼光，哈哈捧腹大笑。
「有那麼好笑嗎？」
「那個忠實的阿希跑到哪裡去了呢？真傷心。」
「我雖然感謝妳，但我並不是大魔王的信徒。」
「呵呵。你這種囂張的一面，我相當中意喔。」
「多謝誇獎。」
亞里亞小姐哼著歌走上樓梯。
「對了，這身衣服怎麼樣？適合我嗎？」
「人要衣裝，佛要金裝。」
「你說什麼～仔細看看，好好稱讚我啦～」
即使走樓梯走到一半，她想要展示華麗的便服，原地轉了一圈。
結果不出所料，她失去平衡，差點摔下去。

我霎時間伸出手，扶住亞里亞小姐的背。

「請別穿著拖鞋在樓梯上得意忘形，很危險的。」

「因為我覺得你會支援我的。」

亞里亞小姐在近距離露出只給我一人的微笑。

「我立刻鬆手喔？」

「很久沒來母校，當然會興奮嘛。那麼，你的感想呢？」

如果有人貶低有坂亞里亞的長相，那顯然是嫉妒與吃味。

不然就是明顯欠缺美感，令人遺憾的人物。

「這該說是偽裝還是變裝呢，與我之前所知的模樣差異大得驚人。唉，因為妳跟夜華是姊妹，這也是當然的，不過妳好好打扮後很有吸引力呢。」

「謝謝。」

亞里亞小姐這麼回答，泰然自若地挽住我的手臂當作扶手。

「我就說這樣太近！請別用以前的調調隨便黏著我。」

「有什麼關係。我喜歡少年漫畫風格的隨性作風啊。經過努力、友情、勝利的齊心協力後，成功地考上了志願學校！」

「明明是控制、誘導、強制的斯巴達教育風格吧。即使外表變成美女，內在還是跟以前一樣，饒了我吧。」

雖然試著逞強，我也有些緊張。

身為男生，當有張非常標緻的臉蛋近在咫尺時，就會心跳加快。

不行。因為是漂亮姊妹花，她有著合我胃口的同類型長相，讓我的心臟自動怦怦直跳。

「以前阿希都沒受到我的美色誘惑，專注於用功呢。」

「當時的妳到底哪裡有美色啊？」

「那麼，現在呢？」

「……妳明明只是藏起原本的美貌而已。」

我總覺得亂了步調。

她的內在和從前一樣，是熟不拘禮的大姊姊。

但是，現在她的外表卻等於是為夜華加上了附加武器（成熟費洛蒙）之後的完美版夜華。

「唉……本人比照片還美，這是相反意義的照騙啊。」

「你是說什麼？」

「夜華曾有一次拿全家福照片給我看。如果當時有發現的話……」

在決定四月的班際球賽參賽項目時，夜華跑出了教室。當我追上去在樓梯間與她說話時，曾看過有坂家的全家福照片。當時留下的印象是長得很像夜華的漂亮姊姊，但我沒想到她的真實身分是那個不起眼的補習班講師。

她的外表與內在到現在仍然不一致，令我為了距離感苦惱。

「你沒有靈光一閃想到啊。真有阿希的風格。」

「因為照片拍不出內在的可惜之處啊。」

「你說什麼～～」

當我解開亞里亞小姐的手臂，她顯得很不滿意。

亞里亞小姐宛如移動的廣告看板一樣，在教職員辦公室裡大受歡迎。

就像明星畢業生凱旋回到母校般，受到非常熱烈的歡迎。

特別是資深老師們的盛情款待十分驚人，轉眼間周遭就圍起了一圈人。

甚至連一向嚴格的學年主任，也對亞里亞小姐放緩了神情。

大家有些愉快地交相談論著以前費神照顧她的辛苦往事。

而亞里亞小姐也到現在都還記得所有靠過來的老師們的名字，真是可怕的記憶力。

化為教職員辦公室主角的畢業生所散發的存在感，讓我變得像個隱形人。

這就是天生的明星氣質嗎？變成背景一部分的我靜靜地心生佩服。

亞里亞小姐請他們找神崎老師過來，她在等候時與老師們交談，話題突然聊到了夜華的身上。

「有坂的妹妹現在二年級了嗎？當她拒絕在入學典禮擔任新生代表時，我還想不知會怎麼樣，但如今一看，倒是妹妹有點令人不過癮呢。」

一位中年老師以開玩笑的口吻觸及有坂姊妹的差異。

「因為妹妹她比我來得認真而可靠。」

亞里亞小姐神情沉靜地回答。

「因為有坂總是很顯眼又吵吵鬧鬧的，我還以為妹妹也一樣會做出什麼大膽舉動呢。」

真失望。中年老師散發出這種沒有惡意的氣息。

我感到那句隨口說說的話非常麻木不仁。

正因為說話者沒有自覺，才透露出真實心聲。

總之，這名老師期待夜華也會和亞里亞小姐一樣活潑吧。

諸如從一年級開始當學生會長、擴大學校活動的規模、為學校介紹手冊擔任模特兒，使得報考人數暴增等等，亞里亞小姐留下了許多傳說。

就算是姊妹，在妹妹夜華身上尋求這些是不合理的吧。

一感到不愉快後，我變得愈來愈火大。

就在我準備抗議的瞬間，亞里亞小姐先一步替我的心情發言了。

「老師在說什麼呢，就算是姊妹也是兩個不同的人，請別對我妹妹抱著奇怪的期望。如果我妹妹像我這樣，是老師們會吃苦受累吧。如果說話太沒分寸，我會作為妹妹的代理監護人指名提出控訴喔。」

她的言語柔和又迷人，但聲調帶著明顯的不滿。

亞里亞小姐的眼中沒有笑意。

「說得也對，抱歉。哈哈哈。」

中年老師慌張地收回自己的話。

「而且那是因為紫鶴——神崎老師做得很好啊。」

我感覺到亞里亞小姐的語氣中充滿信任。

唔～每次接觸到這樣的瞬間，我就不能斷言不管由誰來當班導師都一樣。

反過來看，我重新深切地感受到神崎老師的出色。

說人人到，臉色大變的神崎老師來到了教職員辦公室。

我的班導立刻注意到我的存在。

「為什麼連瀨名同學也在這裡？」

「老實說我也不清楚。她說老師要相親，把我拉過來了。」

當我壓低音量解釋，平常面無表情的神崎老師一瞬間露出凶神惡煞般的表情。

神崎老師立刻解散了聚集過來聊天的資深老師群，接著像平常一樣，把我和亞里亞小姐帶往茶室。

神崎老師帶頭走在走廊上，我在她背後偷偷地對亞里亞小姐開口：

「剛才妳真的生氣了對吧？」

「如果想要安分畢業，最好別頂撞老師。」

「就算最沒有說服力的人這麼說，我也沒辦法啊。」

「——阿希果然很可靠。」

亞里亞小姐輕輕把手放在我肩頭。

幕間一

「七七～照這樣下去，你期末考真的會出大問題喔。再多背一點英文單字和文法啦。」

放學後的二年A班。

我宮內日向花，正在教男子籃球社的王牌選手七村龍功課。

「沒關係的，宮內。要跟女孩子拉近關係，靠我的長相和渾身洋溢的男子氣概就綽綽有餘了。」

「長相和態度沒辦法提升考試得分。如果考不及格，你就不能參加正式比賽了吧。」

「嗯～唯有這一點我會很困擾啊。」

「那就努力吧。」

平常總是誇口目標邁向世界，身高超過一百九十公分的他性格開朗，現在卻面對著英語題庫縮成一團。他的運動神經超群，很受女生歡迎，但在讀書上全然不擅長。

如果王牌選手缺席，球隊的實力會削弱一半。因此隊友似乎對他施加了很大的壓力，他跑來找擅長英語的我求教。

擁有一副運動員好體格的他，面對矮個子，染了金髮又戴耳環的我居然抬不起頭來，真是有趣。

期末考快到了，教室裡有幾組人也同樣圍在桌邊準備考試。

在講台上，圍了一圈向神崎老師問問題的同學。

位於中心的人是支倉朝姬。

她和墨墨一樣擔任班長，性情開朗，擅於社交，總是積極地取得領導權。及肩的淺棕色頭髮略微燙捲，端正的臉龐畫著淡妝。那種女生馬上就會注意到的低調妝扮，很有優等生的風格。即便換上夏季制服，她依然帶著預防空調太冷的開襟外套，將其綁在腰間。

「謝謝神崎老師。」

問完問題，朝姬禮貌地道謝。

此時，我和七七、朝姬的手機同時響起LINE的通知音效。

瀨名會的聊天群組收到了一則訊息。

傳送者是學妹幸波紗夕。

紗夕：各位，求救！求救！

神崎老師要相親，希學長被夜學姊的姊姊綁走了！

夜學姊的心情也變得超級糟糕！

請馬上過來中庭！我一個人應付不來～！

「相親？」

「有坂的姊姊綁架了瀨名？」

「夜夜心情很糟？」

朝姬最先喊出聲來。

異樣地具備高度緊急性的訊息，讓我們三人面面相覷。

「咦，神崎老師要相親嗎？」

「妳、妳是指什麼……」

正好在朝姬眼前的神崎老師顯而易見地動搖了。

教室的擴音器又傳出呼叫的廣播：

『神崎老師、神崎老師。現在有訪客找您。請您返回教職員辦公室。重複一次。神崎老師——』

「訪客？我應該沒有約人見面啊？」

「老師，妳看這個。」朝姬小心翼翼地把手機畫面拿給困惑的神崎老師看。

「——亞里亞？突然有訪客來找我，我先失陪了！還有問題的同學，很抱歉，明天再來問吧！」

臉色大變的神崎老師走出教室。

那慌亂的模樣，實在不像平常文靜的老師。

「吶，這是怎麼回事？為什麼神崎老師要相親，有坂同學的姊姊就綁架了希墨同學呢？我一頭霧水。」

一臉不解的朝姬走到我們這邊來。

「總之，看來現在不是讀書的時候。」七七立刻合起題庫。

「我擔心夜夜，過去看看吧。朝姬呢？」

我也站起身。

「身為瀨名會的一份子，當然得伸出援手。」

我們三人決定馬上趕往中庭。

第五話　代理男友

「亞里亞！妳究竟打算做什麼！為何還告訴了瀨名同學！」

我們抵達了茶道社的茶室。

拉門一關緊，神崎老師就發出咆哮。

平常是文靜日本古典女性的美麗老師。唯獨今天不一樣。

她如絲綢般充滿光澤的長長黑髮氣得倒豎，白皙端正的臉龐變得通紅，一雙大眼睛吊成倒三角形，大發雷霆。

她拉高嗓門，音量大得跟我發出情侶宣言時的訓話不相上下。

也就是說，神崎老師要相親一事似乎是事實，而非玩笑。

我在教室裡感到神崎老師樣子看來與平常不同，就是線索。

「因為這是紫鶴一生一次的大危機嘛。既然妳特地找我商量，我也不能讓妳被迫不情願地結婚。」

即使面對這樣的神崎老師，亞里亞小姐也一臉若無其事。

她就像聽膩了訓話一般，盤腿坐在榻榻米上。

這個人真是大人物啊。

「那是我的私事！和瀨名同學無關吧！」

當真怒火中燒的神崎老師直率地感情外露。

她被亞里亞小姐摘下教師的面具，以神崎紫鶴個人的身分暴怒著。

「非常有關。因為阿希是紫鶴的救世主。」

「——阿希？叫得還真親暱。你們認識嗎？」

神崎老師來回瞪視我與亞里亞小姐。

「妳瞧，我大學一年級時曾去打工當過補習班講師吧。阿希是我當時的學生。」

「……那麼瀨名同學是在認識有坂同學前，就認識了亞里亞嗎？」

「嗯，以順序來說是這樣沒錯。」

我一承認之後，老師的表情變得更加險惡。

「就跟紫鶴妳與阿希一樣，我們也是一對溫暖的師徒喔。對吧，阿希。」

她拉著我的手臂，讓我坐到她旁邊。

「亞里亞……妳這個孩子，為什麼總是突然帶來出乎意料的狀況呢？」

神崎老師用纖細的手指按著太陽穴。這一定從學生時代開始就沒變吧。

「紫鶴可沒資格抱怨我喔。我以前會當補習班講師，契機是因為紫鶴說的一句話。妳說來就像是我們的邱比特啊。」

亞里亞小姐不經意地說出可怕的事情。

如果沒有神崎老師的一句話，亞里亞小姐就不會當補習班講師。這麼一來，我就不會考上永聖吧。那麼我也不會跟夜華交往了。

人際關係的齒輪是如何根據運氣和緣分結合在一起的呢，真是難料。

「又是邱比特嗎，真是的。」

老師瞥了我一眼，終於正座下來。

她的坐姿仍然挺直背脊，十分優美。

「和有坂姊妹雙方都有緣的瀨名同學，是何方神聖？」

「就是說啊。阿希你這個吃香的男人！」

我在亞里亞小姐害話題離題之前，先確認我被抓來會談的理由。

「總之，請讓我整理狀況。我聽說神崎老師要相親，一旦婚事談妥就會辭去教職。亞里亞小姐好像是為了阻止這件事而找我過來，我這樣說正確嗎？」

我小心翼翼地問。

「ＯＫ喔。」「一點也不正確。」

面對呈現兩個極端的反應，只是被波及的我完全沒轍了。

「事情很單純嘛。紫鶴不想辭去教師工作對吧？」

「那是當然的。我目前沒有急於結婚的理由，也無意辭去教師工作。」

「那麼，紫鶴這麼告訴妳的父母，中止這次相親了嗎？」

「這個……」

當亞里亞小姐調侃似地拋出那句話，神崎老師霎時間欲言又止。

我第一次看到如此畏縮的神崎老師。

「神崎老師的雙親是那麼嚴格的人嗎？」

「紫鶴的母親是知名茶道師範。從小就嚴格的教導女兒禮節，家風也很老派。因為她希望養在深閨的女兒紫鶴大學畢業後不要就業，馬上結婚呢。」

真不敢相信現代有這種事吧，亞里亞小姐以這樣的調調聳聳肩。

「咦，可是現在不是像這樣在當老師嗎？」

「在我成為老師時，家中也起過一番爭執。」

神崎老師深深嘆息。

「那麼，老師的父母因為太關愛女兒，將相親擅自進行下去了？」

「嗯嗯。阿希理解得很快，幫了大忙。」

「處理這件事為什麼需要我呢？」

我終於抵達最大的疑問。

面對無法溝通的雙親，區區一個高中男生能派上什麼用場？

「紫鶴想繼續當老師。不過，她沒有馬上結婚的計畫。而她的父母想要讓女兒成婚。」

亞里亞小姐充滿自信地告訴我計畫的核心。

「所以呢，就取中間，由紫鶴主動向他們介紹情人吧！只要讓父母放心，覺得她有結婚的意願與計畫，不就能避免這次的相親了嗎？」

「我根本沒有情人，這種方法並不成立。」

神崎老師當場駁回。

「——請等一下。難道說，咦，難不成是這麼回事？」

相對地，我察覺了亞里亞小姐的企圖。

「真不愧是阿希。這敏銳的直覺就是我選擇你的理由。」

亞里亞小姐嘴角浮現弦月般的淺笑。

她找我過來不是為了什麼輔助，而是要我成為眾矢之的。

「就由阿希擔任代理男友，介紹給紫鶴的雙親認識吧！」

「不，這不可行！」「絕無可能！」

我與神崎老師同時否定。

「你們真有默契！看吧，如果是阿希一定行得通！」

亞里亞小姐一個人滿臉篤定的豎起大拇指。

「我至今為妳收拾過許多殘局。但這次絕無可能。什麼代理男友，根本荒謬！而且還把瀨名同學拖下水，他可是我的學生啊！」

「就是說啊！再怎麼說這也太亂來了！」

我也理所當然地反對。

「不必想得太複雜。這只是扮演男朋友，跟紫鶴的雙親見面的簡單任務。」

「這門檻高得要命啊！」

要做什麼樣的判斷，才會說扮演代理男友與班導師的雙親見面是簡單的任務啊。

「首先，我對欺騙父母不感興趣。」

以神崎老師拘謹的性格，抱著這種心情非常合理。

「妳再三說服過他們，還是失敗了吧。雖然有父母操心的時期最快樂，但自己的人生還是必須由自己決定。紫鶴已經是老師，是獨當一面的成人了不是嗎？」

「可是……」

「紫鶴，選擇手段的時期早已過去了。哭訴對妳的雙親不管用，一旦去相親，他們會直接掃平周遭的障礙，讓妳一直線走向結婚喔。就算這樣也沒關係嗎？」

亞里亞小姐的話語十分沉靜，卻觸及了痛處。

神崎老師露出苦澀的神情，無言以對。

「重要的是做出勝過言語的行動。即使在最糟的情況下被拆穿了，也不會因此喪命。如果默不作聲，妳真的會結婚喔。」

亞里亞小姐當然也明白這很亂來。

在明知如此的前提上，她仍堅持要實行代理男友的提議。

「雖然對神崎老師很抱歉，退一萬步而言，代理男友計畫或許可以接受。可是，由我這個高中生來扮演男朋友，再怎麼想都太魯莽了。即使虛報我的年齡，也很難瞞過去喔。」

我拿常識性的意見當擋箭牌。

「沒錯！他還是個孩子。這種事不管在誰眼中都一目瞭然。」

「這不是很好嗎。就說是與年紀小的男朋友之間的純愛，堅持到底吧。」

「當事情曝光時，會危及我的社會立場。」

「紫鶴，不入虎穴焉得虎子。」

「所以說，他是小孩子這一點是最糟糕的。」

反對的神崎老師被逼到死角，看來有點想哭。

「倒不如說，亞里亞小姐不能在大學或其他地方找到拜託的對象嗎？不必刻意提高失敗的風險吧。」

身為現任大學生的亞里亞小姐，身邊有許多超過二十歲的男性。

我認為選擇熟悉女性，經驗豐富的人當代理男友，是更加現實的方案。

「我才不要，能夠守護紫鶴的男人只有阿希。」

「——普通的姊姊，不會拜託妹妹的情人當班導師的代理男友。」

神崎老師對我的正當反駁深深頷首。

「以常識挑戰固執己見的對象，也是白費力氣。在最糟的情況下，沒有必要說服她的雙親，只要讓他們放棄就行了。為了這一點，必須採用出乎意料的方法。」

不，我一點也不明白。

「說正經的，隨處可見的男人沒有足夠的力量說服紫鶴的雙親。馬上就會露出明顯的破綻而失敗。」

「……亞里亞小姐對代理男友尋求的具體條件是什麼？」

在說服老師的雙親之前，說服亞里亞小姐已讓我感到疲憊。

當我發問，亞里亞小姐豎起三根手指。

「代理男友要符合三個條件。第一點，不會真的愛上紫鶴。有心愛的情人，又不會劈腿的人最適合。第二點，面對難纏的敵人，有靠臨機應變克服難關的頭腦與膽量。第三點，與紫鶴站在一起時顯得很登對。」

「我只符合第一點喔。第二點太高估我了。至於第三點，那是半點沒有。」

「沒這回事。」

「妳真的認為會順利嗎？」

由我擔任代理男友，我甚至覺得會進一步降低作戰計畫的成功率。

另一方面，我也覺得似乎有只有亞里亞小姐才看見的勝算。

「我十分清楚這很亂來。不過，如果是你一定做得到。」

「————」

就是這個。這就是有坂亞里亞的可怕之處。

聽她所說的話，會讓人不可思議地覺得自己能夠做到。

會被施加這樣的魔法。

「亞里亞，不管妳再怎麼說都不行，我不能給瀨名同學添麻煩。」

「妳太小看我們了。我們這些學生，可是真心喜歡著紫鶴的。」

亞里亞小姐第一次露出了認真的神情。

「我不會說我的計畫很完美，但我認為是最好的。」

亞里亞小姐像那時候一樣，十分篤定地告訴我們。

這只是段往事。以前當我告訴國中的班導師我要以永聖高級中學作為第一志願時，他似笑非笑地認定「你考不上的，選個妥當的學校將就一下吧」。

當然，只看我當時難看的成績單，這種反應或許無可厚非。

當我到日周塾補習，在一開始告訴她同樣的話時，亞里亞小姐瞬間哈哈大笑——卻一次也沒說過那不可能實現。

亞里亞尊重我的挑戰，為我發掘了可能性。

當然她沒有保證我一定會考上。最後要考驗的始終就是瀨名希墨的實力。
我想進行挑戰，並以此為基礎接受結果。
有坂亞里亞首先相信了我的可能性。
所以，我也得以信任自己並堅持到最後。
既然亞里亞小姐斷言我做得到，我認為參與這個荒唐的計畫也無妨。
這是恐怖大魔王的亂來作戰，還是只有優秀領導者洞悉一切的大膽計畫？
即使現在無從判斷，瀨名希墨個人對有坂亞里亞的信賴，深厚到足以賭上一把。
「亞里亞小姐，我真的適合嗎？」
「那是當然。只有身為班導師的學生，我妹妹的情人的你，適合擔任代理男友。」
「沒有常識也該有個限度喔。」
「不過若是你的話，哪怕亂來也會做出我期望的結果。這次也一樣。我如此確信。」
如果身邊有人展現如此充滿自信的態度，夜華會抱著憧憬也可以理解。
亞里亞小姐太耀眼了。
她的話語宛如宣示黎明到來的陽光。就像照進黑暗的一束光芒，沖刷掉人人都容易陷入的不安、失望與悲傷等陰暗情緒。
「……對我來說，夜華能笑著度過時光是最重要的。其實我想隨時都保護好她。可是，我痛切地感受到自己還是個小孩。能代替我保護她的人，除了神崎老師之外不作他想。」

「我也有同樣的看法。我不知道還有哪個老師比紫鶴更可靠。」

神崎老師總是守護著夜華。

就算被當成天敵看待，遭到厭惡，她也很關心夜華，在必要的時候不吝惜出力相助。因為有她為夜華安排的美術準備室，因為她指派我擔任班長，我們才能成為兩情相悅的情侶。

一切都是拜神崎老師所賜。

默默對恩人的危機置之不理真的好嗎？

只要自己過得幸福，這樣就滿意了嗎？

要回報恩情，在畢業之前回報應該也無妨的。

但是現在這一刻，神崎紫鶴個人需要幫助的話，那我想給予回應。

只要有亞里亞小姐的支持以及我的覺悟，這一次一定也能跨越難關。

所以，瀨名希墨才被找來這裡。

「——我來做。我答應擔任老師的代理男友。」

◇◇◇

當我答應擔任代理男友，亞里亞小姐高興地握住我的雙手。

「謝謝你，阿希。我愛你。要努力保衛紫鶴的單身喔。」

「愛就不必了，請提高作戰成功的機率。」

「我知道。我會竭盡全力回應你的協助。那我們先交換聯絡方式吧。」

事情談妥，興致高昂的亞里亞小姐拿出手機。

「和情人的姊姊聯繫，感覺過意不去啊。」

「有什麼關係。頻繁聯絡是作戰成功的重要關鍵喔。」

我遲來的登記了亞里亞小姐的聯絡方式。

「順便一提，我很少和男生交換聯絡方式的。很棒吧。」

「受歡迎的人還真辛苦。」我當作耳邊風。

「再更高興一點嘛～」

從剛剛開始就思索著什麼的神崎老師，終於開口：

「我還是覺得難以接受。先不提已經畢業的亞里亞，將我現在負責的學生瀨名同學給拖下水……」

「身為當事人的紫鶴不要抱怨了。如果妳有話想說，就在這裡全部說清楚。我會好好聆聽的。」

亞里亞小姐微微加重語氣。

光是這樣，我就感到茶室的氣氛變得沉重起來。

這個人也不亞於神崎老師，對場面具有驚人的掌控力。

我也在不知不覺間感到口渴。但是，神崎老師沒有像平常一樣端出茶。從這一個舉動就能明顯看出，老師本身已失去從容。

「因為我沒料到瀨名同學居然會接受……」

「這很意外嗎？」

「你為什麼不拒絕呢？」

亞里亞小姐沒有插嘴，只是聽著我與老師對話。

端莊穩重的神崎老師身上，沒有平常站在講台上時的威嚴。

她並未散發要當個優秀教師的緊繃氣氛，展現出作為女性原有的真實面貌。無論大人或小孩，都一樣會為了結婚與職涯這些人生的重大分歧點而煩惱。

「我信任大魔王，她也有實際成績。因為我以前聽這個人的話，也實際考上了學校。」

我看向亞里亞小姐。

「亞里亞小姐的直覺異常敏銳，或者說點子的精確度很高。實際試著去做會發揮作用。所以，老師也先找她商量了吧？」

我盡可能用輕鬆的口氣回答。

如果太過認真看待代理男友這件事，相處會變得尷尬。

「就算這樣，身為教師的我，那個，雖說是代理，拜託自己的學生瀨名同學扮演男朋友，這……」

神崎老師仍然對跨越教師與學生的界線感到遲疑。

「唉，這次對我而言也算是特例。」

「是為了有坂同學嗎？這實在——」

我蓋過老師的話頭，先闡述自己的心情。

「我知道神崎老師想繼續擔任教師。對老師而言，教師是天職。優秀的老師離開，對其他學生而言也是很大的損失。」

我記得老師以前說過，她想一直當教師，直到成為校長。

「瀨名同學你沒有理由，為了我個人的私事做那麼多……」

「老師，妳在指派我當班長時說過吧。妳要我扮演橋梁。」

「那是指學生之間的情況。」

我搖搖頭。

「是一樣的。直到最後都由神崎老師擔任班導師，對我們來說是最佳的選擇。請讓我作為班級的代表，確實地扮演班導師與同學之間的橋梁。」

我自己也覺得這個理論很牽強。

不過我信賴這個人，希望她教導我直到畢業。

「老師也只要像平常一樣，向我拋出難題就行了。然後，我只會一邊抱怨一邊行動。因為我是班長。話說，被找來這間茶室的時候，我可曾拒絕過？」

「只有這一次，就算拒絕也沒關係。」

「如果我們立場反過來，妳會怎麼做？」

「……我會說，去做吧。」

「去做吧。」

「我辦不到。」

「去做嘛。」

「我不要。」

「請妳做嘛！」

「饒了我吧！」

神崎老師完全拋開教師的威嚴，全力拒絕。

「妳是老師吧，請向學生展現出好的一面。」

「我無法接受那種活像在聚餐上逼人一口氣灌酒的邏輯！」

「哇，好頑固。真不肯輕易認命耶。」

「我、我現在都對瀨名同學暴露了那麼多醜態。更何況是以代理男友的身分去見我的雙親。」

「只是演戲而已，不是嗎？」

「瀨名同學不知道家母那如魔鬼般的嚴厲，才會說得那麼簡單。」

老師帶著想不開的表情吐露。

「老師的母親是魔鬼嗎？」

「就像魔鬼一樣。我尊敬母親，但很不擅長面對她。每次碰面，我就會緊張得什麼也講不出來。」

「原來老師也有弱點啊。」

「我同樣是人類，這是當然的。」

沒想到神崎老師棘手的是自己的母親，真意外。

「就看成是克服弱點的好機會吧。只要這次試著挑戰，或許會意外的順利改變關係。」

「我年紀也不小了。到了這個年紀還沒有改變的事物，是很難改變的。」

這發言實在太消極了。繼續這種精神狀態，遲早會影響到工作喔。

我不放棄地繼續向她說道：

「不過，老師是因為不想相親才找亞里亞小姐商量的吧。」

「亞里亞認識我的雙親。基於這個前提，我期待她會提出我連想都想不到的劃時代點子。沒想到居然把瀨名同學也拖下水，太離奇了。」

「這個人想法離奇，不是老樣子嗎？」我不禁放下了緊張感。

「就算如此，我的雙親一定會看穿的！」

神崎老師靈活地維持正座坐姿同時顫抖。那份膽怯究竟是什麼呢？

老師的想像力過度往負面方向發揮，完全浮現不出積極的想法。

「——就算被看穿，有什麼關係？」

我用放鬆的聲音拋出這句話。

「咦？」

「因為妳從一開始就告訴過父母妳不願相親吧。在這個前提上，他們仍堅持己意。」

「沒錯。」

「老師的雙親也是因為擔心女兒才會安排相親。要是他們看穿女兒不惜找人扮演代理男友也真心不願相親，這才是正確答案。這樣更能傳達給他們啊。」

「我母親改變想法這種事……」

「老師是一直都沒反抗過父母的類型吧。」

「你說得沒錯。」

「妳人生中做過最大膽的事，就是這次找代理男友。」

「是的。」

「那他們絕對會大吃一驚。沒想到老實的女兒會做出這麼大膽的行動，光是這樣，就具有十足的衝擊力。」

聽到衝擊力一詞，神崎老師的臉色一變。

「老師。這種突襲招式只有最初的一次會有效果。如果妳要嘗試給父母一個他們無法想像的離奇驚喜，機會只有現在。」

我直盯著老師的眼睛。

「可是……」

「不要緊。當天我也會陪在妳身邊，盡可能支援妳。我不會讓老師孤軍奮鬥。」

「瀨名同學。」

「遲來的反抗不也很好嗎？如果妳挨罵了，我也會道歉的。」

唆使教師一起做出會挨罵的舉動，我還真是個離譜的學生。

不過事到如今，我們並不僅僅是學生和老師的關係。

四月傳出夜華在外過夜的傳聞時，神崎老師幫忙平息了校內的謠言。

這一次，應該可以輪到我來盡全力破壞老師的相親吧。

那就是我和老師一路建立起來的信任關係。

猶豫之色從神崎紫鶴的眼中消失，她終於恢復平常聰敏的模樣。

「瀨名同學，你不會後悔嗎？」

「老師，我可以現在才拒絕嗎？」

我試著裝傻。

「不行——由我重新提出請求吧。瀨名希墨同學，請助我一臂之力。」

「我會盡可能妥善處理。」

就像教師幫助學生一樣，偶爾也可以由學生來幫助教師吧。
亞里亞小姐在一旁滿意地點點頭。
「既然一切都安排妥當，等到詳情決定後再舉行作戰會議吧。那麼今天就散會嘍。」
亞里亞小姐站了起來。
「那個，瀨名同學。雖然很猶豫該不該由我來說這種話，有坂同學那邊沒問題嗎？」
在停頓一瞬間後，我回過神來。
「啊？」
代理男友帶來的衝擊太過強烈，讓我完全忘了還得要花工夫讓夜華接受這件事。

◇◇◇

「很棒的反向輔導，真不愧是王牌啊。」
一走出茶室，亞里亞小姐就像疼愛狗狗一樣摸摸我的頭。
「妳是考量到說服老師本人這一點而決定我這個人選吧。」
亞里亞小姐從一開始就打算讓我去說服她。
證據就是，在我答應當代理男友後，她說了「我會好好聆聽」，後半卻幾乎保持沉默。
看吧，我就像這樣在不知不覺間按照亞里亞小姐的意圖行動了。

「因為我覺得由你來說，紫鶴也聽得進去。」

「我可以理解，為何亞里亞小姐一直都能透過各種亂來將目標實現了。」

「可以再多誇誇我喔。」

「接下來才是重頭戲吧！」

當我走在走廊上，手機響起LINE的通知聲，我查看訊息。

日向花：夜夜心情不好喔。

瀨名會的成員都會合了，因為天氣很熱，我們在學生餐廳等你。

談完以後就過來這邊喔！

看到小宮的報告LINE，首先必須解決的問題讓我抱住腦袋。

「怎麼了，小夜鬧彆扭了？」

似乎從我的表情察覺情況的亞里亞小姐，理所當然地探頭注視手機。不，別隨便看別人手機畫面啦。

「這是誰的錯啊。」

「既然你跟我一起去了，那你也同罪。別只拿我當壞人。」

「所以我才傷腦筋。總之，我要過去學生餐廳了。」

「那麼我也伸出援手吧。剛好也口渴了。」

亞里亞小姐理所當然地跟上來。

「請別讓夜華更加混亂了。」

對於身為姊姊鐵粉的夜華而言，亞里亞小姐說的話會造成超出必要程度的效果。

而且這次事情還涉及神崎老師，感覺會比平常更嚴重。

「如果辛苦的阿希能獨自說服她的話，我是無所謂，你要怎麼做？」

亞里亞小姐看穿我的疲憊，顯得很愉快。

「……唉，既然要同甘共苦，總得讓妳做這點事才行。」

「明明老實地依靠我不就行了。」

「事後妳可不知道會提出什麼要求吧。」

「我也同樣是人類喔。」

「我無法擺脫恐怖大魔王的印象。」

「都當了高中生，還在說這種話。」

「是是是。因為在亞里亞小姐眼中，我還是個小鬼頭啊。」

「真是的，沒這回事啦。」

亞里亞小姐如歌唱般地說道。

幕間二

「有坂同學。我看到了紗夕傳的LINE，那是什麼意思？她說神崎老師要相親，希墨同學被妳姊姊綁架了。」

朝姬語速很快地發問。

我們趕到中庭，夜夜與紗夕正在那裡等候著。

「沒有什麼意思，就是字面上說的那樣，我也不清楚更多詳情。」

坐在長椅上的夜夜用帶刺的語氣回答。

「朝學姊，妳過來真是幫了大忙～」

一直陪伴著神經過敏的夜夜的紗夕，一把抱住朝姬。

「夜學姊的姊姊，真的很不得了。她超乎尋常地漂亮又超乎尋常地敏銳，超乎尋常地深不可測。夜學姊也從剛剛開始就處於虛無狀態。」

「好～乖乖，妳很努力喔，紗夕。」

朝姬拍拍哭訴的學妹的背。

「有坂的姊姊果然也是美女啊。在這裡等著就能見到她嗎？好期待～」

七七完全暴露愛湊熱鬧的性格，對於現場緊繃的氣氛絲毫不為所動。

我坐到夜夜身旁。

她一臉由煩躁與困惑交織而成的表情。沒辦法直率地爆發怒火，卻又感覺得到不情願。看來事情有相當複雜的內情。

「夜夜，妳還好嗎？有沒有什麼我們能做的？」

「沒有。總之只能先等姊姊與希墨回來。」

心不在焉的夜夜垂下長長的睫毛，目光落在腳邊。

雖然有遮蔭，但天氣仍然熱得難受。

長時間待在這裡，很可能會中暑。

「吶，要不要先去學生餐廳？那邊比較涼，也有冷飲可以喝。只要聯絡墨墨，他就會過去的。」

「嗯。那樣做比較好嗎？」

夜夜的反應淡漠。

「有坂同學，妳能把事情一五一十地講清楚嗎？聽妳剛剛的說明，什麼也無法了解。神崎老師要相親，這對於班級而言不也是一件大事嗎？」

「都說了我不知道啊！」

夜夜情緒化地回應朝姬的問題。

「……別遷怒在我身上。因為妳姊姊帶走希墨同學就心情不好，簡直像小孩子一樣。」

朝姬也不禁用凶狠的話語回擊。

「朝學姊也進入了臨戰狀態……」紗夕迅速離開朝姬身邊。

我和七七也同樣感受到了危險氣息。

「不管對什麼事都要插嘴，就是班長的工作嗎？」

心情惡劣的夜夜，緩緩的投去銳利的視線。

「如果有坂同學妳需要幫助，我會幫忙。」

「至少我不會找妳幫我。」

朝姬的眼神變了。

「被自己依靠的希墨同學拋下而沮喪的，不知是哪個人啊？」

夜夜猛然站起來。

「我從以前開始就很想說，支倉同學為了與希墨產生關聯，太常拿班長當藉口了。」

「我看妳才是過度依賴他吧。太過沉重的女人，會遭到厭惡喔？」

「很可惜的是，希墨就是喜歡這樣的我。」

雙方毫不留情地互相吐出真心話。

「嗚喔～火花四射耶。支倉前所未有的積極進攻啊。」

「夜學姊也是，真的太愛希學長了啦。」

七七與紗夕感覺在期待像躲避球般危險的唇槍舌戰升溫。
「兩位，吵架不好喔！」
我介入調停。
「夜夜妳先冷靜下來。朝姬也控制自己，別刺激她。這是班級的大事吧。所以瀨名會才集結過來。因此，我們來分享詳細情況吧！好啦！好嘛！」
瀨名會的內情很複雜。
除了情人夜夜之外，我、朝姬與紗夕三個人都對瀨名希墨這名男生告白過。
大家的態度各不相同，因此不能一概而論。但我知道，只有朝姬仍以現在進行式抱著戀慕之心。
「夜夜。希望妳好好告訴我，關於妳姊姊是發生了什麼情況。」
然後，夜夜開口說出了方才發生的事。
聽完說明後，她姊姊是超乎常識的破天荒美女，而且在墨墨國中時就認識了他的事實，又讓我們驚訝不已。
「明明是瀨名，卻與美女格外有緣啊。」
「姊姊比自己更早與情人相識，一般來說會讓人有心結呢～」
「我有同感。就算是親生姊姊，男朋友被帶走總覺得令人火大。」
七七、紗夕與朝姬分別表達感想。

我對態度含糊的夜夜問了更深入一點的問題。

「夜夜生氣最大的理由是什麼？是妳姊姊帶走了情人？還是其他不同的理由？」

「……是姊姊的事。」

「為什麼？」

這個答覆讓我有點意外。

我還以為，她是在生氣最喜歡的墨墨以自己之外的對象為優先這件事。

「因為我明明也在場，姊姊卻只帶走了希墨。」

「──原來是覺得被拋下很寂寞啊。」

「才不是那樣。」

夜夜生起悶氣。

我傳送訊息給墨墨，瀨名會的大家一起前往學生餐廳。

第六話　今天的戀愛狀況颳起狂風巨浪

瀨名會的成員們齊聚在學生餐廳裡。

大家被跟我一起出現的亞里亞小姐的耀眼氣場所震撼。

甚至整個學生餐廳都一陣騷動，可以清楚感覺到眾人的目光正集中在我們這一桌。

我與亞里亞小姐買了兩人份的冰咖啡後，也跟大家會合。

「初次見面，我是有坂夜華的姊姊亞里亞。各位，謝謝你們與舍妹和睦相處。以後也請幫助她喔。啊，如果口渴了，我來請客。請隨意加點想喝的飲料吧。」

面帶笑容的亞里亞小姐親切地打招呼並入座。

瀨名會已經習慣近距離看著夜華。不過，受到長相肖似的臉孔以親近的態度對待，那種異樣感讓大家不知所措，沒有人開口加點飲料。

至於我，則一邊心想這個人真不適合學生餐廳啊，一邊用冰涼的冰咖啡潤喉。啊～真好喝。飲料消除了乾渴。

「阿希喝黑咖啡就行了嗎？」

「沒問題。」

「那這包果糖給我。我喜歡偏甜的口味。」她把我的果糖也加進自己的杯裡。

我偷偷看了看保持沉默的大家的情況。

方才見過面的紗夕警惕地防備起來，朝姬同學保持笑容，投來彷彿在查探的視線。小宮擔心地坐在夜華身旁。

「……我沒想到連姊姊都會過來。」

夜華意外地看著姊姊。

「因為感覺很懷念啊，讓我想在學生餐廳休息一下。」

「妳明明總是很忙，我還以為妳辦完事情後就會馬上回去。」

「因為可愛的阿希向我求助，我沒法拒絕。」

「我是有拜託妳，但請別用會引起誤會的說法！」

即使意思相同，聽到的人也會產生不同的印象。

看吧，女生們的目光變得更嚴厲了。

「咦～我一個人喝茶也很無聊嘛。我也想見見照顧小夜的朋友們。不過，為什麼會聚集這麼多可愛女孩呢？是阿希的後宮嗎？」

「那怎麼可能。」

「不是有種說法說，人在交到情人後會突然變得桃花運大開嗎？沒想到阿希居然也符合呢。」

「真虧妳能在妹妹面前開這種玩笑。」

「我在家裡可是聽小夜聊過很多對你的痴情迷戀喔。」

「夜華，是這樣嗎？」

我高興起來，忍不住確認。

「因為姊姊硬是要打聽。」

「咦～沒這回事喔。小夜談論阿希的時候，一臉幸福的表情。」

「不對！不對！才沒有這樣！」

家人的證言揭曉了夜華的私生活面貌。

所有人都不禁用溫暖的眼神看著夜華。

「拜託別擅自透露我的事。還有希墨也是，別跟姊姊勾結。」

「阿希。如果你想知道更多，私下再偷偷問我。吶。」

情人的姊姊巧妙地朝我眨眨眼。

我超想知道的。雖然想知道，但夜華以外的女生們的目光讓我很不自在。

「吶。妳與希學長看起來感情很好呢。」

「原來希墨同學對年紀大的也ＯＫ。啊，你和神崎老師那麼親近，難道說也是……」

「墨墨。就算人家是你的菜，那也是情人的姊姊喔。」

紗夕與朝姬同學表達了懷疑的看法。小宮一臉特別擔心的表情。

「亞里亞小姐是我國中時的補習班講師！僅僅是這樣而已。」

「沒錯沒錯。當時的阿希是個囂張的臭小鬼，要視為戀愛對象感受到魅力，有～點勉強呢。」

我與亞里亞小姐否認不實的猜疑，說這連笑話也算不上。

如果只看現在美人模式的有坂亞里亞，會胡思亂想也是可以理解的。

不過，她教導我時外表並非是這樣，我當時也沒有時間或餘力愛上斯巴達教師。

「那現在怎麼樣呢？」

「我說啊～朝姬同學，亞里亞小姐可是夜華的姊姊。不論現在和以前都不可能！」

朝姬同學又問了離題的問題。為什麼她今天這麼不肯罷休呢？

「那麼，如果她不是有坂同學的姊姊呢？」

「這種假設沒有意義，也跟現在無關吧。朝姬同學，妳感覺不太對勁喔？」

我不禁生氣起來。

「那個，我能保證考生時期的希學長沒有餘力想別的。當時他絲毫沒有那種喜不自禁的氣息。如果他單戀著某個人，我必然會發現的……」

對於朝姬同學與平時不同的態度，紗夕迅速開口幫腔。

紗夕是以前與我讀同一所國中的學妹，看過當時的我，這麼說很有說服力。

「幸波真堅強啊。不必用這種自虐的方式打圓場也沒關係的。」

一看見美女就會先開口攀談的七村，今天特別老實。

「七村，你難得這麼安靜，是準備考試用功到身體不舒服了嗎？」

「笨蛋。我是在好好選擇對象。這是提升勝率的訣竅。我可不像你一樣，是專挑過高目標特攻的好事之徒。還有，我不想被捲入你的麻煩。」

「什麼東西啊？」

當我和七村交頭接耳，亞里亞小姐戳戳我的手臂。

「喂，男生們，光明正大地說悄悄話是什麼意思？」

「抱歉，姊姊。因為瀨名他最喜歡我啦。」

七村開個玩笑，想要緩解現場的緊張感。

「那就沒辦法了。你個子高大，是運動員又性格爽朗，感覺很受歡迎呢。」

「姊姊，請務必與我單獨約會！」

七村馬上轉而發動攻勢。喂，剛剛那種觀察情況的態度跑到哪裡去了？

「很高興收到你的邀請，但我現在很忙。十年後再來約我吧。」

「對妳而言，年紀小的人果然不在戀愛對象之內嗎？」

遭到拒絕後，七村還是繼續談論戀愛話題，深入探索。這正是現充的心智與談話技巧，我真想為他鼓掌。其他人也對亞里亞小姐的戀愛話題充滿興趣。

「只要能感受到魅力，年齡無關緊要吧。」

亞里亞小姐露出給人希望的微笑。

「姊姊從以前開始就太過自由了。」夜華喃喃地說。

「小夜，妳還在氣以前的事嗎？」

「沒有啊。」

「這是妳生氣時的態度喔。」

夜華還在鬧脾氣，但沒有繼續說些什麼。

「我說墨墨，我想是時候想請你談談神崎老師相親的事了。」

原本在觀察時機的小宮，緩緩地提出話題。

我像確認一般看向亞里亞小姐。

「阿希，最好還是別說比較好喔？」

「等一下！妳說過要伸出援手的吧！」

「我改變主意了。」

「也太隨心所欲了吧！」

亞里亞小姐突然一副事不關己的樣子，吸了一口冰咖啡。

我無可奈何地自己揭露情況。

由我擔任代理男友，跟神崎老師的雙親見面，回絕相親的作戰計畫。

聽完以後，只有七村一個人捧腹大笑。

「這一切都太扯了！」夜華激怒。

「我看那個作戰計畫會很失敗吧？」朝姬同學這麼嘲笑。

「就算是夜華的姊姊，這也太過分了。」小宮很倒胃口。

「為什麼妳會覺得派希學長出馬行得通呢？」紗夕很困惑。

女生們都向亞里亞小姐發出強烈的反對。

「我見過紫鶴的雙親，也很了解阿希。這並不是魯莽的賭博。不需要擔心。」

亞里亞小姐面不改色。

光是那個充滿自信的姿態，就具有讓人不禁想接受的說服力。

「但我只想像得到失敗的未來。結果會是神崎老師辭去教職，順帶希墨同學與有坂同學也分手了。」

朝姬同學太過率直的感想，讓我甚至無法露出苦笑。

「喂，別擅自把別人分手啊！」

夜華馬上對朝姬同學回嘴。

「要抱怨別找我，去向妳姊姊抱怨。」

「我也和朝姬持相同的意見。夜夜也覺得這很奇怪吧？」

小宮也贊同朝姬同學的意見。

「這是沒錯，不過既然是姊姊說的……」

「為什麼妳只有在這種時候不會變得情緒化？現在不正是該抱怨的時候嗎。」

夜華猶豫不決的態度，讓朝姬同學很煩躁。

「好了好了，小孩子們之間的吵架，等姊姊回去後再吵吧～」

亞里亞小姐用悠哉的聲音蓋過朝姬同學的話頭。

「這次的事情關係到紫鶴的人生。沒有人願意被迫結婚吧。也沒有人願意因為這個緣故被奪去對自己來說很有意義的工作吧？」

「那種說法很卑鄙。神崎老師的事情，與牽連到希墨同學是兩回事！」

「好了～別太過鬧彆扭了。」

亞里亞小姐像哄小孩一樣對待朝姬同學。

「——妳好像誤會了，所以我就說清楚了。我請求協助的人，只有阿希而已。」

亞里亞小姐保持柔和的表情，但明確地劃分界線。

「就算這樣，我認為還有更好的做法。」

「那麼，告訴姊姊大家都能得到幸福的厲害解決方法吧。拜託了～」

當然，朝姬同學沒辦法立刻答出來。

「我判斷瀨名希墨是適合人選，而且他也基於自身的意志答應了。」

亞里亞小姐說話徐緩，卻抱著不聽外人意見的態度。

「所以說，他會答應本身就很奇怪！希墨同學，一定是被利用了！」

朝姬同學生氣起來，拉高嗓門。

「吶，為什麼是妳說的那麼激動？」

「我尊敬神崎老師。正因為我和希墨同學同樣擔任班長，我希望她繼續擔任教師的心情是一樣的。」

「哎呀，我也尊敬紫鶴喔。跟妳一樣。」

「我要說的是，身為一介學生的他涉及班導師的私生活才是問題所在！」

「……那是妳對於他的評價吧。我有不同的看法。」

「這是基於常識的判斷！」

「——不過，失敗對妳而言不是比較方便嗎？」

亞里亞小姐嘴角浮現意味深長的淺笑。

「妳在、說什麼？」

「這裡大家都在場，說出來沒關係嗎？」

亞里亞小姐似乎又看穿了什麼。

彷彿在用大人的從容估量一般，她明顯地測試著朝姬同學的反應。

「朝學姊！不能再繼續了！STOP～！」

開口的人是紗夕。她從桌面探出身體制止。

「想說請隨意說啊！」

然而紗夕的制止也成徒勞，氣勢洶洶的朝姬同學乾脆地接受了挑釁。

「妳不也喜歡著阿希嗎。」

「————！」

朝姬同學面紅耳赤，我們也啞口無言。

「我反倒才是站在妳這一邊的吧？如果這次的事情失敗，造成了可以趁虛而入的破綻，妳或許也會有機會喔？」

亞里亞小姐充分發揮恐怖大魔王的實力，揭露別人的戀慕之心。

正因為紗夕一見面就面臨同樣的遭遇，才早一步察覺了這個發展。

這是今天第二次毫不留情的行動。有夠狠。

「沒錯，我還喜歡他！不行嗎！」

而且朝姬同學還在夜華面前理直氣壯起來。

出乎意料的突然發展，令我和夜華不禁僵住。

小宮和紗夕好像原本就知情，露出嘆息般的反應。

七村則極力忍耐著不爆笑出聲。

我愕然地看向朝姬同學。

「別看這邊！」

「抱、抱歉！」

被朝姬同學斥責，我不禁別開臉龐，在視線前方的是——夜華。
「妳果然對希墨還有留戀！差不多該放棄了吧！」
「這、這與有坂同學無關吧。」
「非常有關！別每次都趁亂向我的男朋友告白！」
「我沒有告白。只是不小心揭露好感而已。」
「實質上不是一樣嗎！」
「所以說，要抱怨就向妳姊姊抱怨啊！」
哪怕是朝姬同學也失去了平常的冷靜，遷怒似的指向亞里亞小姐。
「妳們最好別吵得太大聲。這裡是學生餐廳。」
我試圖安撫撇下我愈吵愈激動的兩人。
「「你閉嘴！」」
夜華與朝姬同學異口同聲地喊。
小宮、紗夕與七村站起來，調解兩人的爭執。
亞里亞小姐在最後優雅地喝了一口冰咖啡，說了一聲「那麼我要回去了」，起身離座。
我也慌忙追上去。

我與走在走廊上的亞里亞小姐並肩而行。

「你來送我啊？阿希真有紳士風度。像這樣的一面很加分喔。」

「我只是來抱怨的。妳不是說要幫我嗎？」

這個人做出了那麼嚴重的事，為什麼還能一臉若無其事呢。

「所以我幫了你啊。」

「引發那團混亂還叫幫我？」

「火種反倒是一直在悶燒喔。你們能由為愛痴狂的女孩們組成團體才很厲害呢。」

「多謝妳客觀的意見。」

「不不，別客氣。」

「我這麼說是在挖苦。」

我深切地感受到亞里亞小姐的危險性。

就連文靜又被動的夜華，其存在感也對周遭有很大的影響力。看著在教室裡的夜華，我自認充分理解這一點。

然而，她的姊姊有坂亞里亞行動有目的並且主動。她的一舉一動都會波及周遭的人，無論好壞都給予刺激，造成巨大的波動。

「只要說出直指核心的一句話，就能動搖人的心情呢。」

不，她說得簡單，但這很難做到。

宛如推倒骨牌一般，透過揭露一個人隱藏的感情引發周遭的連鎖反應。就這樣，情況將不可避免地發生變化。

「妳就是像這樣在高一當上學生會長的嗎？」

「我只是有點擅長演講。還有給人留下的第一印象特別好而已。」

「熟知自身的武器很好，但請別太過濫用了。」

「我沒有啦。」

「妳不是擾亂了妹妹的心，導致了瀨名會面臨崩潰的危機嗎？」

「學生時代的朋友若不真心建立友誼，畢業後就沒辦法繼續喔。」

「請別說這種辛酸的話。真傷心～」

「所以不是出於習慣也能長久來往的對象很珍貴。無論戀愛或友情都是如此。」

「那種可能會成為一輩子情誼的團結向心力，差點就被亞里亞小姐破壞了耶。」

「那點小事不會有什麼影響啦，因為我反倒覺得佩服呢。」

「對於哪一點？」

「小夜和以前不同，能夠對他人強烈地提出自我主張，讓我很驚訝。她以前明明那麼不擅長表達心聲的。」

「跟去年相比，夜華也改變了很多啊。」

「那個看起來很聰明的女孩也是個大人物。她面對我和小夜，也能不畏縮地提出意見，這可是相當了不起的事喔。」

的確，朝姬同學很不簡單。她面對有坂姊妹也能毫無顧慮地交談。大多數人都會被她們的美貌震撼，變得沒辦法好好交流。

「可是妳明明給予她肯定，卻要挑釁她嗎？」

「因為我也不喜歡有人拿紫鶴與阿希的事發牢騷啊。」

「……我搞不懂亞里亞小姐。」

「年長的女性有神祕感剛剛好啦。」

「亞里亞小姐太過特別了。」

「真不錯。我喜歡受到特別對待。」

就算我說些什麼，看來都只是讓亞里亞小姐覺得有趣。

「送到這裡就好。等細節決定以後，我會聯繫你。再見。」

真是敗給這個人了啊，我深切地想著。

◇◇◇

夜華與朝姬同學之間劍拔弩張的氣氛沒有平息的跡象，今天的瀨名會決定散會。

小宮跟著夜華，紗夕跟著朝姬同學分別離開，只剩下我與七村。

「怎麼樣，我們要回家了嗎？」

「既然只剩下男生，偶爾也陪我吃個拉麵吧。我有點餓了。」

由於七村的提議，我們前往車站前常去的拉麵店。

「哎呀～不過，支倉真是嚇了我一跳。」

七村一邊吃著湯頭濃厚的家系拉麵，一邊理所當然地回顧在學生餐廳裡的那一幕。

「帶亞里亞小姐過來完全適得其反啊。」

本來期待她能巧妙地為代理男友一事替我圓場，結果卻正好相反。

「瀨名。如果你覺得那點小衝突很嚴重，那還有得學呢。」

「因為我不想經歷那種慘烈的衝突場面啊。」

「這次你反倒是被有坂的姊姊幫了一把吧。」

七村與亞里亞小姐說了同樣的話。

「哪裡幫了我啊？」

「你不明白嗎。」

「嗯。」

「教學費用收一片叉燒就行了喔。」

「好貴。」

我把自己的叉燒夾到七村的麵碗裡。

「在決定採用代理男友這種異想天開的方法時，就注定會引起波瀾了。大家不可能圓圓滿滿地接受。」

「這一點我明白就是了。」

「瀨名。你是個講義氣的好人。看到有人遇到困難，你不會置之不理。我明白你想為了關照過你的有坂的姊姊，還有現在正關照著你的神崎老師展現男子氣概。反正天天都要看到班導師，我也希望班導是像神崎老師一樣的美女。」

「你這一面還是老樣子呢。」

「這是事實吧。每個人都可以被取代。運動員如果受傷，就會換成其他選手出賽。只是升上高學年，朋友就會換人。班導師也是如此。那畢業之後呢？還會見面的傢伙當然有限。至於情人則更加殘酷喔。就算上過床，要分手時輕易就會分手。遇到此生唯一非常稀少。」

雖然想反駁七村的斷言，但我也明白那就是現實。

「有坂的姊姊把有坂憤怒的目標轉移到你以外的人身上了。代理男友的事情被含糊帶過，演變成為了爭奪你大吵一架了吧。但支倉完全是遭到牽連，要說可憐是很可憐。」

「不過，這樣沒有解決任何問題吧。而且朝姬同學的心情也……」

「瀨名。選擇某個人，就代表不選擇其他人。」

七村注視著我的眼睛說道。

「你最重要的人是誰？唯獨這一點可別搞錯了。一直在意拒絕過的對象不是溫柔，只是個人的傷感。你已經沒辦法為她做任何事了。如果一一改變優先順序，那才會失去重要的對象喔。」

七村用認真的口吻告誡我。

「我明白。我最重要的人是夜華。這一點絕不會改變。」

我的回答讓七村滿意地咧嘴一笑，一口吃掉我的叉燒。

「唉，我並不懷疑你對有坂的認真程度。倒不如說，你有這種自覺還關心其他人，所以才棘手。」

「不好意思啊，我就是個濫好人。」

「瀨名你明明是凡人，卻有很高的理想。所以才會揹負額外的辛勞喔。」

「我自己明白就是了……」

「去年受到你幫助的我講這種話也怪怪的，但你可別左右為難而被壓垮了喔。有坂會哭的。」

「不是的，七村，最左右為難的人是夜華。既然亞里亞小姐都出現了，事情沒辦法像平常一樣啊。我想她懷著許多複雜的心情。」

我與所有人都沒有血緣關係，如果人際關係破裂，我只能離開。不，是可以離開。

但這一次，只有夜華不同。

在最糟糕的情況下，即使心裡懷抱不和或不滿，她與亞里亞小姐的血親關係也必須繼續下去。

「既然都知道這麼多還這樣做，你這傢伙真是的。」

「真的。我一直提心吊膽，怕夜華會放棄我。」

「……你還在說這種夢話？」

七村一臉難以置信地看著我。

「不，一再拿這件事逗弄你的我也有錯嗎？抱歉。班上的同學已經不再認為你們是一對落差情侶了。只要看到有坂在教室裡的模樣，大家至少也明白她是認真的。你不是有坂的附屬品──有坂是你的女朋友。」

「七村，你是個好人。」

「我隨時都在可靠男人榜上排名第一吧。」

朋友強而有力的話語，掃去了我的懦弱。

「接下來是優惠贈品。瀨名，我特別告訴你你自身最大的武器是什麼吧。這是所謂的殺手鐧。」

「我也有那種東西嗎？」

「有啊。」

「那是什麼？」

「那就是只有你才能讓有坂認真發揮實力。」

我深深品嘗著友情的可貴。

◇◇◇

與七村吃完拉麵後回家，等待著我的是妹妹天真無邪的歡迎。

「希墨，歡迎回家～」

「我回來了。」

「你在考試前回來得真晚，是跟夜華去約會了嗎？」

「……妳是從什麼時候開始變得會檢查我的行動啊？」

「媽媽交代我，要我看著你別偷懶。」

原來是母親指使的嗎。看來我真沒信用。我期中考的名次進步了，明明可以別管得那麼嚴的。

「映，向媽媽報告，我有好好用功讀書。」

「我知道了。」

雖然外表以小學四年級來說很成熟，妹妹的內在依舊是個小孩子。真好搞定。

我沒有馬上回房間，在一樓客廳的沙發上躺下來。

老實說，代理男友和學生餐廳的情況讓我感到疲憊。而且又吃拉麵吃得很飽，我完全沒精力讀書準備考試。

我懶散地躺在沙發上，一旁的映興致勃勃地玩著手機。

「希墨，你不用功沒關係嗎？」

「要叫我哥哥。還有我正在休息。妳才是，在做什麼呢？」

「跟朋友聊LINE。」

「喔。」

我側眼看去，映手指的速度比我快很多。對方打字似乎也相當快，訊息通知聲接連不斷地響起。最近的小學生真厲害。

話說回來，通知聲好吵啊。

「映，這樣很吵，至少開靜音模式吧。」

「希墨你回房間不就行了。」

「現在比起床鋪，我更想躺在沙發上。」

「人家也從現在開始想看電視。」

通知聲在她說話時也不斷響起。

我無可奈何地爬起來，準備回自己房間。

「啊。等一下，希墨！」

「嗯。我來換地方喔。」

「——你跟夜華發生了什麼事？」

我心頭一跳，馬上轉頭望向映。

怎麼了，妹妹。妳今天格外敏銳耶？妳覺醒成New Type了嗎？

「怎麼突然問這個？」

「好了，快告訴我！」

「該說我們吵架了嗎，發生了一點問題，情況變得很複雜。」

明知道與小學生商量也無濟於事，我還是忍不住說了。

「不行啊。你們得快點和好。人家不喜歡又變得像春假時一樣。」

「那時候有那麼糟糕嗎？」

「那時候的希墨，非常～非常～非常～奇怪。」

她重複三次作強調。

映會說到這個份上，看來春假時的我相當沒出息。

「我會加油不讓那種狀況發生的。」

「嗯，加油！」

我將手輕輕放在映的頭上。

「對了，妳為什麼知道我跟夜華出了問題？」

「呃～直覺！」

映的手機又開始響起通知聲。

第七話　愛的偏見

「瀨名會在暑假前夕面臨了空中解體的危機啊。」

這是我坦率的感想。

一方面是因為期末考前的慌亂氣氛，我們在教室裡的會話不經意地變少了。

我與七村和小宮會聊上幾句，但並未觸及代理男友的話題。

從那天以來，朝姬同學除了作為班長的事務性交流外，甚至不再與我聊天了。一與我目光相對，她就別開視線，事情辦完後就立刻離開。在餐廳被戳破的事明顯留下了影響。

講台上的神崎老師表面上表現得若無其事。但在知道代理男友事情的一部分學生注視下，她的撲克臉有時候也會動搖。

至於關鍵的夜華。

午休時，我們如往常一般在美術準備室單獨吃午餐。

「我想和姊姊談談，卻被她蒙混過去。」

「這、這樣啊。」

「希墨你什麼也沒聽她說過嗎？你們有交換的聯絡方式吧。」

「沒聽說什麼。我一次也都沒有主動傳訊過，她也沒有聯繫我。」

我按照夜華對我說過的，很注意與亞里亞小姐之間的距離感。

「……你說話為什麼那麼僵硬？」

「不，因為我總覺得內疚。」

「既然會在意到變得僵硬，那就別答應當什麼代理男友啊。」

夜華與我說話的態度正常得令人意外。

「對不起……那個，夜華，妳不生氣嗎？」

因為夜華的態度實在太一如往常，我忍不住發問。

「你是指對誰生氣？我的姊姊？那個班長？還是班導師？」

哇～這是不管回答哪一個，都可能是錯誤答案的超級難題。

「呃～是對我本身的行為。」

「我已經知道我的情人是個好好先生，無法放下遇到困難的人不管。如果討厭這一點，我從一開始就不會跟你交往。」

夜華傻眼地說。

我對戀人的寬大心胸只有感謝。同時，我也這麼想著：

「我的情人哪有可能是這樣高潔的聖女！」

「你也太疑神疑鬼了吧！」

夜華終於生氣了。

「啊～很有夜華風格的反應。」

「為什麼挨罵還很高興啊。情緒不穩定也要有個限度。」

「因為夜華很溫柔。」

「要不要停止慣著你呢……」

「我說謊了，對不起。我愛妳，請原諒我。」

「我很不滿意你那麼受姊姊倚重！」

「夜華是有多喜歡亞里亞小姐啊！她是神嗎？這是超出姊控程度的崇拜了吧！」

我和夜華在對問題的認知上有著巨大差異。

「我也不明白姊姊為什麼只拜託希墨一個人的原因。」

「對啊。我明明只是以前給她教過功課而已。」

「……你以前沒對姊姊做過什麼奇怪的舉動吧？」

「我不可能會做，也不可能做得到吧。我所有的經驗都是從夜華妳開始的。別事到如今還讓我說出來。」

我自己說完後覺得害羞起來，把視線從夜華身上移開。

擺放在視線前方桌子上的石膏像，雪白的裸體今天也凝固不動，無法說話。明明對於單純的物體可以毫不退縮地盯著看，與活生生的女性互動卻總是很困難。

由於經驗值少，我每次都煩惱不已，受到玩弄。
我自認算是盡可能地不加掩飾，誠實地回答了夜華。
然而，夜華忽然陷入沉默。
「…………是、是嗎。」
我轉頭看去，夜華正在害羞。她甚至看起來有點高興。
就像邀請我去她家時一樣，她的手心神不寧地玩弄著髮梢。
在世上很多時候經驗豐富會成為優勢，但經驗未必就是一切。
她這樣一個細微的小舉動，就輕易地拯救了我。讓我獲得自信。
用語言表達出來很重要。
不過，有時從言語以外的方式也能獲得肯定。
夜華是個大美人又很優秀，但她無庸置疑地愛著平凡的我。
我喜歡的女孩，出於意願和區區的我在一起。
「對妳來說，我保持我的樣子也沒關係吧。」
「？那是當然的呀。」
我們目光相對。
那段時間要稱作沉默太過短暫。我們在那片刻之間沒有從彼此身上別開目光。她的嘴唇近在咫尺。

我輕輕地想把臉龐靠近她。

「——！不行！我們還在吃飯！」

我被夜華撞飛，翻倒在地板上。

「哇，對不起！你沒事吧！」

夜華立刻將我扶起來。

這點疼痛不算什麼。

反倒是夜華對於姊姊過度的憧憬，才讓我擔心。

◇◇◇

由於夜華太過在意午休時的親吻未遂，今天我們放學後沒有碰頭。如果直接回家，我很可能會打混，因此我直到離校時間都在圖書館準備考試，然後回家。

當我相隔許久走在獨自回家的路上，亞里亞小姐打了電話過來。

『啊，喂，阿希，你現在在哪裡？』

「從學校回家的路上。」

『這樣正好。我們待會來討論計畫吧！我馬上也會抵達車站前，阿希你也過來。我們會合吧。』

「咦，從現在開始嗎？」

『姊姊會請你吃美味的晚餐。到了以後打電話給我。』

她單方面地說完事情，掛了電話。

剛好我的肚子也叫了。

「唉，既然她會請客，也好啦。」

反正今天是星期五。不會被叨唸。今天雙親也在家，不必擔心映的晚餐。我聯絡母親，告訴她我要和朋友準備考試順便吃晚餐，直接前往車站。

「為了慎重起見，也通知夜華吧。」

希墨：亞里亞小姐為了代理男友的事情找我出去。

談完以後，我再向妳報告。

當前方可以望見車站時，我收到了夜華的回覆。

夜華：我知道了。謝謝你聯絡我。

你要注意和姊姊之間的距離感。

因為可以靠近希墨的人只有我。

這是我作為情人的嫉妒。

除了身為姊控妹妹的心情，她也作為情人，純粹地警告我要與異性保持距離。

我覺得夜華迂迴表達好感的方式，可愛得不得了。

我俯瞰車站的環形交叉路口，但沒找到像亞里亞小姐的人影。

我回電給亞里亞小姐，她指示我『你照這樣直線走過來。我在你眼前的計程車上』。

停在環形交叉路口的計程車車門打開，亞里亞小姐探出頭來。

「啊，你還穿著制服啊？」

「我是從學校直接過來的。」

「你先前和小夜在學校裡卿卿我我嗎？」

「我獨自在準備考試。」

「真了不起～會好好用功準備考試。我幾乎沒這麼做過呢。」

「那是頭腦好的人才有的特權。」

「算了。上車。」

我依言鑽進計程車後座。

「大學生都那麼常搭計程車嗎？」

我繫好安全帶後，計程車靜靜地駛離最近的車站。

「穿高跟的鞋子走路很吃力的。陪伴女孩子的時候，要留意腳邊喔。」

「妳今天也很時髦呢。」

「因為為了與你見面，我好好打扮過了。」
「謝謝。不過面對我的時候，穿著隨性也沒關係的。」
老實說，她穿著以前當補習班講師時那種不講究的服裝，我也會比較輕鬆。
「——真溫柔。這份心意我心領了。和以前不同，我在眾人面前做簡報的機會增加了，也被周遭的人唸過，要我穿得得體一點。最近至少在外出時，我會穿得整整齊齊。今天有超級重要的作戰會議啊。」
「看來妳真的很忙碌。夜華很寂寞喔。」
「她現在有你了啊。」
「對亞里亞小姐而言，妳對妹妹有了情人有什麼看法？」
「驚訝與祝福，還抱有一點殺意。」
「好危險的心聲。」
「可愛的妹妹能與心上人在一起，我會想坦率的給予祝福啊。心思細膩又不擅長人際關係的小夜遇見了敞開心房的對象，真是太好了。同時，我也想著，要是那人敢傷害她我可不會善罷甘休。」
「亞里亞小姐，妳的表情好可怕。」
「不過，在得知對方是阿希時，老實說我能夠理解，也放心了。」
「是在妳從南洋島嶼傳偷拍照片給我的時候嗎？」

「沒錯。看到瀨名希墨這個令人懷念的名字，我心想他性格認真，可以放心了。」
「我只是曾受妳教導而已吧。以前有什麼讓亞里亞小姐高估我的事情嗎？」
亞里亞小姐思考一會兒後，如此回答：
「——怎麼說呢，你有著會讓對方變得坦率的一面。」
「這意思是說我太過普通，容易被人小看嗎？」
「解讀得積極一點，當成容易受人依靠或向你撒嬌啦。難得我都誇獎你了。」
「因為這樣，我才會被找來當什麼代理男友喔。」
「啊哈哈，的確沒錯。」
真是的，這人真見風轉舵啊。
計程車在不知不覺間開向住宅區。
「話說，之前妳居然那樣亂來。拜妳所賜，瀨名會都瀕臨崩潰了。」
雖然從七村那裡聽到不同觀點的意見，我無論如何都想要抗議一句。
「發現有電燈泡喜歡我可愛妹妹的情人，我當然會擔心吧。」
「那也不必當著大家面前揭穿。這實在……」
「那種壓抑真實想法，大家相親相愛的態度，我也有點看不順眼。」
「一般而言是無法看穿的，而且揭穿別人隱藏的祕密才是低級趣味吧？」
她優越的洞察能力，使對手無所遁形。

因為亞里亞小姐不會漏掉細微的線索，會準確地建構出整體圖，她的發言不可避免地深具影響力。

即使亞里亞小姐這麼做是為了保護我，考慮到朝姬同學的立場，我就於心不安。

「因為這樣對於阿希來說並不方便嗎？」

亞里亞小姐充滿興趣的雙眸看向我。

「是啊。她是我的班長搭檔。如果與朝姬同學變得關係尷尬，我沒有自信能夠挺過以忙碌著稱的體育祭與文化祭。因為某個人擴大了學校活動的規模，負擔很重啊！」

「好奸詐的逃避方式～」

「奸詐的人是妳吧。我也不願意有更多麻煩，被迫減少與夜華相處的時間。」

其實我今年無意擔任班長。

我之所以會接下職務，全是因為神崎老師的請求。

「呵呵，讀同班談戀愛很麻煩呢～」

「是哪個外人知道這一點，還來攪亂局面的？」

「阿希生氣啦，討厭～」

亞里亞小姐像小孩子鬧脾氣一樣，強行揪著我的制服領帶。

「喂，勒太緊了！不行啊！」

「——我沒有你所想的那麼成熟。」

領帶被她強行拉過去，湊近亞里亞小姐的臉龐。我沒有逃開，探頭注視她的眼眸深處。

「咦，等等，別這麼熱切地注視著我啦。」亞里亞小姐鬆開了領帶。

「亞里亞小姐，妳會回答我的問題嗎？」

「咦～禁止問色色的問題喔。」

「我想知道夜華與妳的過去。」

我無視亞里亞小姐開的玩笑，繼續往下說。

「果然是色色的事嘛。」

「哪裡是啊？」

「追問女人的過去，是因為對女人的內在感興趣吧。」

亞里亞小姐意味深長地微笑著。

「唉，因為妳或許會成為我的大姨子，我是有想要理解未來親人的想法。」

「呵呵，明明是高中生，已經考慮到結婚了？真早熟。」

「我是認真的。」

「我怎麼可能允許。」

「亞里亞小姐沒有這麼高的權限吧？」

「就算如此，我也不會把她交給阿希～」

我稍微更深入地涉及有坂姊妹的過去。

「要是真的這麼過度保護她，就請妳好好面對夜華吧。不要只順著自己的心意去疼愛她，而是請妳好好傾聽夜華的心意。」

前幾天，當亞里亞小姐出現在學校帶走我的時候，夜華沒辦法違抗姊姊的話。

同時，亞里亞小姐看來也像是故意不去聽夜華說話。

我覺得她是明白自己對夜華的影響力過大，刻意將交流抑制在最低限度。

「雖然我知道。但小夜認真又太過坦率，面對我時過於懂事了。」

亞里亞小姐別開目光望向車外。

「夜華已經是高中生了。她或許心思細膩，但能夠自己思考做判斷。」

夜華已經沒有亞里亞小姐所想的那麼稚嫩了。

「吶，阿希。你認為小夜為什麼會變得討厭人際關係？」

「會刻意發問，代表亞里亞小姐對原因心中有數吧。」

「喔，你確實判讀出言語背後的意思了呢。」

「教我要判讀出題者意圖的人，就是亞里亞小姐啊。」

「那麼，你的答案呢？」

在夜華家中聽到的國中時代往事，始終是從夜華角度出發的。

她本人就結果而言停止追逐姊姊這個目標，使得精神上迷失方向。除了模仿姊姊以外，她不知該如何是好，開始感到周遭的視線更進一步造成了壓力。

「是周遭所認為的有坂夜華形象，與夜華的自我認知有落差嗎？」
夜華的目標始終是變得像姊姊亞里亞小姐一樣。
即使是姊妹，也是兩個不同的人，就算夜華很優秀，要完美地變得相同也是不可能的。
「真厲害，八九不離十呢。不愧是阿希。」
「請告訴我正確答案。」
「——大家過度在夜華身上追求我的身影了。」
在計程車這個密室中，亞里亞小姐如懺悔般吐露。
「像之前去教職員辦公室的時候一樣嗎？」
老師們圍繞著畢業生亞里亞小姐談論回憶，並拿出她正在就讀的妹妹作比較，說她跟姊姊不一樣。
「因為還有這份優秀的記憶力，你才會考上吧。」亞里亞小姐揚起嘴角，滿意地說。
她極為自然地伸出手，輕摸我的頭。
「沒錯。儘管自己說這種話怪怪的，我非常優秀。我隨心所欲地去做就能交出比其他人更驚人的成果。受到誇獎很開心，新的挑戰會帶來刺激，所以我無法罷手。我覺得很愉快，周遭的人也感到有趣，總是只要結果好就萬事大吉。我一直以來每天都活得很快樂。」
天生充滿領導魅力的有坂亞里亞喜歡自己被人吹捧抬轎，也允許他人拿她當藉口胡鬧。
——總之，她本人的資質與評價相符。

「我希望受到他人期待，所以並不介意。因為這很愉快。可是，他人連對我妹妹也要求這些，那就既不負責任又殘酷吧。」

亞里亞小姐冷笑道。

她微微露出的白牙，看來宛如獠牙。

「我和小夜相差四歲。小學直到途中可以一起就讀，但我畢業以後的事情就不清楚了。雖然國中也讀同一所學校，但期間是三年，正好交錯。因此我完全沒注意過我畢業後的影響，也沒注意到小夜在那種情況下是怎麼度過的。所以，我希望小夜上其他高中，而非進入永聖。我心想在沒有我的身影的地方，她或許能過得更悠閒。」

亞里亞小姐的擔心很有道理。永聖留下了許多亞里亞小姐的傳說。

「只是，以夜華的性格來說很困難吧。反倒永聖還有神崎老師在，而現在也有我在。」

「若是現在，我也這麼覺得。」

那一句話，讓我感受到作姊姊的焦躁。

「她從以前開始，就像上次那樣，被人以輕鬆的心情拿出來與已畢業的偉大姊姊做比較吧。被人期待做到同樣的事，小時候的夜華無意識中想要回應期待，努力過頭了。」

「沒錯。從小學高年級到國中讀到一半為止，小夜都積極地想要擔任領導者喔。她試圖變得像我一樣。很堅強吧。」

「雖然感覺不適合她，但我想像得到。」

「普通的孩子大概很快就會放棄，或是在某個階段意識到不可行。但那孩子很聰明，能夠模仿我。」

我窺見了亞里亞小姐一部分的苦惱。

家人不可能掌握學校生活的一切。

夜華所做的，不是年紀小的孩子模仿兄姊那種天真無邪的舉動。

只有身為妹妹夜華，接近了應該不可能重現的有坂亞里亞。

對於這樣的夜華，其他人擅自期待她成為第二個有坂亞里亞。

但是，無論怎麼做，她都比不上真正的亞里亞小姐。

「依照小夜的性格明明只會感到痛苦，那孩子卻竭力試圖回應周遭眾人不負責任的期待。然後越發責怪自己沒辦法做到像我一樣。當我們在家中交談時，她總是會認真地向我尋求建議。她會對我說，姊姊告訴我，我該怎麼做才好？」

「於是，妳開始用忙碌當理由，躲避夜華找妳商量。」

「我想尊重她的努力，但我阻止不了妹妹因為拿來與我比較而受傷。明明無論任何人都願意聽我說話，卻只有最重要的小夜不肯聽。」

「然後，妳找神崎老師商量了吧。」

我終於清楚看見了過去與現在的連結。

以尊敬的姊姊為榜樣，拚命試圖模仿她而疲憊不堪的夜華。

只能在旁邊看著一心一意又努力的妹妹，苦惱不已的亞里亞小姐。

有坂姊妹非常喜歡彼此。

兩人基本上依然感情很好，但我總覺得她們在心中一角到現在還是無法衡量距離感。

「紫鶴認真地聽我訴說，給予我許多建議，讓我的心情輕鬆了很多。但是幫助小夜這件事失敗了。」

太過憧憬姊姊的妹妹，與唯獨無法好好引導太過純真的妹妹的姊姊。

「『只要幻滅了，就會往不同的方向摸索。』」

「……紫鶴她果然對阿希說過了。」

「她只是碰巧告訴我而已。具體來說，是怎麼樣的情況？」

「嗯～各種說服都不管用，偶然說出的話卻有效果這樣吧。」

「那是指妳在高中交到男朋友的事嗎？」

「不過，我只是把紫鶴說成男老師，向小夜說明她是我男朋友而已。」

她非常乾脆地向我揭露驚天動地的消息。

「……啊？妳剛剛說什麼？」

「所以說，我把我與紫鶴在學校裡的事情，當成與男老師之間的事試著告訴了小夜。我還是第一次看到小夜那麼生氣呢。」

「在進入永聖之前，夜華該不會都不知道神崎老師是女性吧？」

按照這個人的性格，我隱約覺得她不會說。

「阿希，你怎麼會知道？」

「妳太差勁了！要是被誤導，認為神崎老師是對最喜歡的姊姊出手的男老師，夜華會把她當成天敵也可以理解！」

她想到的點子從以前開始就很離譜。

改變班導師的性別，還設定兩人正在交往來向妹妹說明？這種撒謊奇招，世上的監護人聽到了可能會昏倒。

「我正值青春年華嘛，幾時交了男朋友也不稀奇。」

「不過性別是假造的！」

夜華應該也是當真大受打擊吧。

最愛的姊姊初次傳出緋聞，身為狂熱粉絲的妹妹應該受到了很大的精神傷害。

就算得知神崎老師是女性，當時的夜華的怨言也不可能消失。

「她停止模仿我，卻因為反作用力，這次轉而把外人通通推開。」

「這樣當然會變得厭惡人類啊。」

「小夜也真極端呢。」

「激進過頭的姊姊哪來的資格說她啊。」

「阿希，你從剛剛開始就話中帶刺。對我再溫柔一點啦。」

「別開玩笑了。就算是過去，居然這樣擺布別人情人的心靈！給我適可而止！」

就這樣，由於天衣無縫的姊姊，有坂夜華變成了我熟悉的厭惡人類模樣。

「從前的小夜被我的影子所囚，嚴重到非得做到那種地步不可。不然我也不想欺騙妹妹……」

亞里亞小姐的側臉到現在仍流露出苦澀的表情。

雖然平常她總是裝出開朗玩鬧的樣子，但她無意間展現出認真苦惱的一面，與夜華非常相似。

「——如果我是普通的姊姊，她會更輕鬆一點嗎？」

「會拜託妹妹情人扮演班導師代理男友的人，我看不可能變得普通吧？」

我自暴自棄地當成耳邊風。

「阿希，你討厭我嗎？」

「如果我回答討厭，妳會要我下計程車嗎？」

亞里亞小姐露出愣住的表情。

「在車輛行駛中跳車會死的。」

「我才不會跳車！」

起碼先停車吧。那種好萊塢電影般的下車方式太危險了。

「別事到如今才說不識趣的話，你要參與到最後喔。」

「既然說過要幫忙，男子漢說話算話。」

「嗯嗯。就算一切都搞砸了，只有我還是會站在你這一邊喔。」

「還真是多謝了。」

計程車停在位於住宅區的公寓前。

「咦，不是去餐廳嗎？」

「這裡的東西比餐廳更好吃，放心吧。」

我們搭乘電梯上樓，走到某一戶的門口。

「哈囉～我來開作戰會議了，前男友小姐。」

「——為什麼瀨名同學也來了？」

打開門迎接我們的，是穿著圍裙的神崎老師。

第八話　夜間特訓

「那個，我來班導師的家中打擾沒關係嗎？」

「亞里亞很霸道是老樣子了，不過這次是我的問題，因此無可奈何。只是，請你不要外傳。」

神崎老師也很不情願地邀請我進門。

一方面是我直接穿著制服跑來的關係，我感受到老師內心也相當糾葛。

在學校裡給人的印象偏向嚴謹的神崎老師，現在穿著粉彩色調的輕便居家服露出雙腿，也卸了妝，散發的氣氛非常柔和。一頭長髮則紮成側邊低馬尾。

「喂喂，阿希。我懂得你看著不假修飾的紫鶴看呆的心情，但別呆站著不動。這樣我沒辦法進門吧。你也快點脫掉鞋子。」

「我、我知道。」

「作戰會議已經開始了，拜託你好好幹喔。」

亞里亞小姐拋下我，悠然地走進裡面的房間。

「打擾了。」

「……請進。」

或許是我的緊張傳播過去，神崎老師也顯得有些僵硬。

進入年長的美麗女性，還是擔任班導的女性教師家中，這個情況不可能不令高中男生感到不知所措。

一扇門隔開了空間，讓人無法從玄關看到房內。

我打開門扉，發現亞里亞正理所當然地開始脫衣服。

「咦，為什麼會是這樣啊！」

「啊，我平常習慣馬上換衣服，如果你會在意就把頭轉開吧。」

亞里亞小姐突然在神崎老師家的客廳換起衣服。她還是沒變，太過我行我素了。

「亞里亞！妳現在馬上去臥房！」

「有什麼關係～我只會在被看見也無所謂的人面前換衣服。」

「基本上，我也在場耶。」

「阿希你之前就看過了，事到如今還說什麼。」她輕易地暴露了這件事。

「瀨名同學？」

「那只是個意外！」

我如此這般地向神崎老師解釋我拜訪有坂家時的情況。

「可是亞里亞的態度是不是太放縱了？」

「她只是因為我是妹妹的男朋友，沒把我算成男性而已！」我堅持到底。

這段期間，換好衣服的亞里亞小姐從臥房走了回來。

她穿著衣料泛著光澤的夏季居家服。上衣的小可愛露出的肩膀與背部部分奇妙地多，下面穿的短褲也寬鬆地展開下襬。

她們兩人總是像這樣換上喜歡的衣服，開起姊妹淘聚會吧。

「紫鶴，我肚子餓了～啊，我要喝一罐啤酒喔。」

完全進入放鬆模式的亞里亞小姐從冰箱裡拿出罐裝啤酒，迅速開始晚間小酌。

喂，作戰會議怎麼了？

「……老師，有什麼可以幫忙的嗎？」

「那麼，請把筷子與餐具拿到桌上。」

閒著沒事的我，像平常一樣聽從神崎老師的指示行動。

神崎老師的房間如同她一絲不苟的性格，是一片乾淨整齊的空間。克制使用色彩數量的所需最低限度家具呈現出統一感，感覺所有東西都決定了擺放位置。有工作用的桌椅、收納文件與書籍的櫥櫃。以及大片綠葉繁茂的觀葉植物。還有放鬆用的大沙發與矮桌，另一頭的牆上則掛著電視。

不過，只有雜亂地堆在房間角落的那疊相親照片，如實地展現神崎老師的精神狀態。沒有丟棄而是守規矩地保留照片，很有老師的風格。

「來，那麼，乾杯！」

我配合亞里亞小姐喊的口號，舉起玻璃杯。

兩位成人喝酒，未成年的我喝可樂。

「好了，為紫鶴親手做的料理而感動吧！」

「為什麼是亞里亞小姐一副了不起的樣子啊？」

亞里亞小姐已經喝完一罐啤酒，變得興高采烈。

雖然亞里亞小姐稱之為作戰會議，但這不完全就是在家中聚餐嗎？

餐桌上擺了一口大鍋。

「為什麼在夏天吃火鍋？」

「亞里亞說要吃韓式泡菜鍋。」

咕嘟咕嘟沸騰的紅湯火鍋裡，擺滿蔬菜、香菇與豬肉、海鮮類，配料豐富，光是看著就刺激食慾。不過——

「感覺辣得要命耶。」

「天氣熱的時候就要吃辣，這樣才好。」

亞里亞小姐特地關掉房間裡的冷氣，化身為火鍋指揮官分菜到三人份的盤子裡。

我吃下一口，蔬菜與豬肉的甘甜和高湯的辣味組成的絕妙協調在口腔裡擴散開來。多層次的辛香料辣味促進食慾，壓倒性的美味。

神崎老師還遞給我一碗白飯。

我把鍋裡的食材放在飯上送進嘴裡。幾乎成了永動機。筷子停不下來。真的太好吃了。

於是，飯碗轉眼間就空了。

「要再添一碗嗎？」

「請幫我添。」

年輕的肉體無法抗拒食慾。

「你們兩個，很快就感覺不錯了耶。」

興高采烈的亞里亞小姐，喝的飲料不知不覺間從啤酒變成了High ball。

她將威士忌倒入放著冰塊的酒杯裡，再注入冰涼的蘇打水。她喝的速度很快，馬上又再來一杯。

「喝得那麼快沒關係嗎？她的臉色很紅耶。」

我擔心起來，向神崎老師確認。

「亞里亞的酒量很好，也清楚自己的極限。不過，她平常都是喝醉後直接住下來過夜就是了。」

「老師的臉色都沒變呢。」

「因為我只是淺嘗而已。」她小口喝著雞尾酒類的甜酒。

神崎老師用餐的模樣也高雅又有規矩。雖然也會喝酒，但臉色沒有變化。

「阿希，別說悄悄話。來，火鍋很辣吧，要再來一杯可樂嗎？」

亞里亞小姐貼心地為我倒了可樂。

「……嗯，這個可樂味道是不是不一樣？」

「是錯覺啦錯覺！因為吃了辣的，你舌頭變鈍了啦！」

我感覺舌頭麻麻的，比平常更喝不出可樂的甜味。

「原來男孩子都吃那麼多啊。難怪今天亞里亞叫我分量要做得比平常還多。」

神崎老師對我大快朵頤的模樣佩服地說。

「我是不是再克制一點比較好？」

「不，把菜通通吃完，我煮起來也有成就感。」

「來，阿希。盤子給我，我來追加分菜。」

「那我就不客氣了。」

我把空盤子交給火鍋指揮官亞里亞小姐。

晚餐就像這樣融洽地進行著。

◇◇◇

在關掉冷氣的房間裡吃辣的食物，身體自然而然地漸漸發熱。

亞里亞小姐似乎預料到這一點，一開始就穿得少。神崎老師也在不知不覺間解下圍裙，也脫掉上衣。

她看來並不介意我的存在，我漸漸不知道眼睛該看哪裡才好。

「咦～？阿希，你的臉怎麼好紅？」

「是辣椒素讓身體發熱了。差不多該開冷氣了吧？」

「那就算是阿希輸了，讓你做處罰遊戲吧。」

「忍耐大賽是從什麼時候開始的啊？」

「喔，不許回嘴喔。」

開朗的人喝了酒以後，會更增三倍地糾纏不休。

即使亞里亞小姐是美女，還是很麻煩喔。

我不習慣應付發酒瘋的人，不知要如何對待她才好，很傷腦筋。

「真虧神崎老師能夠應付亞里亞小姐呢。」

「我已經習慣了。」

她悄悄地垂下彷彿已對什麼認命的眼眸。

「呵呵呵，我喜歡紫鶴的這一面～」

在這時候，電話響起。

響的是神崎老師的手機。一看到螢幕上顯示的來電者，她的表情突然變得嚴峻起來。

「是誰呢？」亞里亞小姐問道。

「是我、母親。」

「不接沒關係嗎？如果不接電話，她之後會很囉嗦吧？」

「因為她明顯是打來催促我去相親的。」

「紫鶴，我們就是為此而聚集在這裡的。既然敵人來襲，就得迎擊才行。如果有什麼狀況，我會在旁邊指示，用擴音模式說話，好讓我能聽見。」

亞里亞小姐把電視關成靜音，手指抵住嘴唇，示意我保持安靜。

神崎老師把手機放在桌上，觸碰螢幕。

「喂，母親。」

神崎老師用緊張的聲調回應電話。

『紫鶴。妳終於接電話了啊。』

從第一句話就很嚴厲。

「對、對不起，我正好才剛到家。」

那個神崎老師緊張得要命。

『看來妳工作還真忙碌呀。熱衷於工作是很好，但妳爸爸也很擔心妳。快點決定相親的日期吧。』

彷彿在宣言不說什麼無用的開場白，她突然拋出正題。

「正如我說過許多次的，我目前想專心工作，我要拒絕這次的相親。」

『正因為處在這種不穩定的時代，擁有穩固的伴侶與家庭很重要。妳從以前開始就不擅長自我肯定，我很擔心妳。』

「我很感謝母親擔心我。但是……」

『紫鶴，即使後悔，時間也不會倒轉。有時即使現在不感興趣，之後也會為此感到安心。基於身為父母的責任，我們會為妳安排正派的人選。』

神崎老師明明才說到一半，她卻強行往下談。

咦，我要面對這麼固執的人扮演代理男友？那也太累了吧？

亞里亞小姐看到我和神崎老師的表情，一個人感到很有趣。

被逼得走投無路的神崎老師，以破釜沉舟的決心轉而實行作戰。

「那、那個，其實我有正在交往的男性！我想與那個人共築未來！所以沒辦法參加相親！」

神崎老師用不像她的大聲音量，不適合她的匆促語速說道。

『——那麼，立刻讓我們見見他。』

她沒有驚訝或困惑的反應。簡直像已事先知情一般，即刻回答。這位母親的精神力是有多堅毅啊。稍微動搖一下啊。

「這、這樣我很為難。」

『為什麼？妳跟帶去和雙親會面會感到丟臉的對象交往嗎？與那種對象交往是浪費時間。馬上分手吧。』

這人說話真極端啊。她認為女兒的人生是什麼啊。

就算是母親，未免也有點保護過度吧？

「接下來是期末考期間，我在時間上沒辦法配合！」

『妳總是用忙碌當逃避的藉口吧。這次我不會讓步！』

固執己見的老師母親所說的話，讓人聯想到冰冷巨石的巍然不動。

神崎老師的表情蒙上陰影，用目光向我和亞里亞小姐求助。

亞里亞小姐看著我的眼神，在問我是否做好了覺悟。

聽到神崎老師和她母親的對話，我越發感到退無可退。

在這時採取觀望態度，會丟盡男人顏面。

我要讓這次的代理男友計畫成功，請神崎老師繼續擔任班導師。

然後光明正大地和夜華度過安全放心的高中生活並畢業。

我和亞里亞小姐像鼓勵神崎老師般同時豎起大拇指，告訴她沒問題，給予支持。

「……我明白了，我會帶他回去見爸媽。」

神崎老師神情僵硬地勉強擠出這句話。

通完電話後，神崎老師虛脫無力地趴倒在沙發上。

老師已經忘了有我在場，癱軟不動地陷入沉默。

「——看，是個強敵吧？」亞里亞小姐得意洋洋地說。

「妳也預料到了這個發展吧。」

「如果她會乖乖地尊重女兒的意願，阿希就沒有出場機會了。」

「不過感覺相當棘手。」

要說服那位母親，看來得費一番工夫。

「她的雙親很有看人的眼光，我對這一點抱以信任。比起臨時找來的對象，從日常相處中認識到彼此的為人，與紫鶴建立了信賴關係的阿希扮演起來會更加自然。而且你很擅長跨越絕境吧？」

「說得真輕鬆。壓力可不是普通的大。」

「所以呢，為了營造出兩人的親密感，來練習直呼彼此的名字吧！」

亞里亞小姐突然拋出恐怖大魔王式——代理男友訓練。

「沒、沒必要做那種訓練。」

趴在沙發上的老師猛然抬起頭。

「明明在交往卻用姓氏稱呼，不是很拘謹嗎？馬上就會遭到懷疑，被看穿是謊言喔。我們必須盡可能做好事先準備。」

計畫明明本來就很亂來，她卻有條有理地說服我們，就像成功率會上升一樣。

當然，計畫失敗時會最困擾的人正是神崎老師，因此也難以否定。

她還是老樣子，擅長用花言巧語說動人。

「我明白了。來練習吧。」

我側眼看看猶豫的神崎老師，先行答應。

在這種地方遲疑，只會令不高的勝算變得更低而已。

「瀨名同學？」

「老師，這裡就下定決心吧。我們不是在茶室裡決定了嗎？只做半吊子是最糟糕的。」

我也覺得難為情又內疚，但這是不得不做的犧牲。

「不愧是阿希，真乾脆！」

「也有以姓氏相稱，還是很親密的情侶。」神崎老師否定道。

「聽好了。從客觀角度來看，你們兩個還是教師與學生。你們有上下關係，有劃分的界線，毫無情侶的氛圍感。很拘謹。戀愛感不足。」

「因為事實上是如此。」

「咦～難道說紫鶴對於直呼異性的名字會感到緊張～？」

「男女七歲不同席。我不會採取那種狎暱的態度。」

「哇～深閨千金。妳是哪個時代的人啊？」

「因為在這種老派家庭長大，我現在才會像這樣吃苦頭！」

神崎老師一臉想哭地控訴。她似乎有所自覺。

「老師，總之先試著練習看看。好嗎？」

「對啊。來，所有人都把手機關機，收進包包裡。現在必須斷絕干擾，專注於練習上才行。」

我按照亞里亞小姐的催促，把關機的手機丟進書包。

她要求我與神崎老師面對面坐下。

「用、用稱呼計量愛意這種事……」

神崎老師還在鬧彆扭。

我豁出去，試著呼喚老師的名字。

「紫鶴小姐。」

「——————」

「哎呀。紫鶴僵住了。阿希也意外地做得很乾脆呢。」

亞里亞小姐用手指戳了戳神崎老師——不，紫鶴小姐的臉頰。

「瀨、瀨名同學真的無所顧慮呢。」

「因為我只是在扮演代理男友。」

「好了，紫鶴也別喊他瀨名同學，用名字稱呼他。這只是演戲而已。」

「我恨妳喔，亞里亞。」

在教室裡聽敏的威嚴消失無蹤，眼前的人是個慌亂的女性。

紫鶴小姐好像下定了決心，顫動緊繃的嘴唇。

「……希、希墨、先生。」

她擠出聲音，僵硬地呼喚我的名字。

好害羞。這很讓人害羞喔。

即使是演戲，連我都跟著難為情起來。

平常難以接近的冷淡年長女性青澀的反應，讓我用上全力才能故作平靜。

我清清楚楚地體驗到反差造成的破壞力。

「很好、很好。營造出青澀感了。有年齡差距大的情侶那種真實的距離感嘍。好，接下來繼續互相稱呼吧。」

相對於興奮的亞里亞小姐，紫鶴小姐已經顯得憔悴。

「還要練習嗎？」

「紫鶴。經過反覆練習，正式上場時才會成功。你們必須熟練到正式上場時能夠自然地說出口為止！」

「咕唔唔……」紫鶴小姐的喉頭發出沉吟。

或許是教師的天性，當對方的說法正確，她就沒辦法隨便反駁。

我心想這裡必須由男性來帶領，也重振旗鼓。

「紫鶴小姐。」

「……希墨、先生。」

「紫鶴小姐。」

「希墨、先生。」

「紫鶴小姐。」

「希墨先生。」

「可以好好說出來了呢。」

「自己找人相助，卻變得那麼侷促，真沒出息。」

聽到我的話，紫鶴小姐不由得別開臉龐。

在旁邊看到的亞里亞小姐非常高興。

「讓我見識到好東西啦。夠我配三碗飯嘍～」

「亞里亞小姐真的有夠狠。對以前的班導師也太不留情了。」

「哎呀，你是指什麼～～」

我再次為恐怖大魔王的教育方式而顫慄不已。

雖然她像這樣胡鬧又總是亂來，在持續的過程中，不知不覺就能學會，這便是亞里亞小姐的斯巴達式指導。

「不過，明明對戀愛缺乏免疫力，為什麼她給予學生的戀愛建議卻很準確？」

我忽然浮現單純的疑問。

「那很簡單。因為紫鶴是大美女，大家都擅自以為她戀愛經驗經驗豐富吧。從輕鬆的到沉重的，她在學生的戀愛諮詢裡聽過太多案例，變得知識豐富。」

「啊～我能理解。」

看來豐富又赤裸裸的種種累積案例與神崎老師的深思熟慮相結合，產生了具有說服力的建議。

「還有她意外地愛看戀愛劇。」

「請別多嘴洩漏這種無關的事。」

「阿希是紫鶴的男朋友耶。若是男朋友，知道許多無關的事也不奇怪吧。」

「他只是代理男友！」

「在心情上先一度接受這件事，明明就不會緊張了。就算只有現在，也享受一下情侶般的感覺吧。」

「因為那麼做，會對不起有坂同學。」

她口中的有坂同學，當然是指夜華。

神崎老師像這樣守規矩的一面，是她深受愛戴的原因吧。她所說的話沒有謊言和表裡之分。

正因為她是這種性格的人，對於這次的作戰更會於心不安吧。

「那麼，我接著說明你們在當天作為情侶的設定。啊，稱呼就繼續保持這樣喔。」

亞里亞小姐刻意不提夜華的事情，告訴我們作戰的細節。

「阿希是與紫鶴讀同一所大學的大四生，是研討會的學弟。以紫鶴與異性邂逅的機會來說，這樣安排很自然吧。一見鍾情的阿希熱烈展開追求並告白，紫鶴被熱情的年紀小男生打動，兩人開始交往。然後是大學生阿希的個人檔案——」

接下來，亞里亞小姐把她構思的情侶詳細設定灌輸給我與紫鶴小姐。

還是高中生的我對大學不太了解。我請紫鶴小姐告訴我細節，逐一核對以免兩人的會話出現歧異。從大學校名到教授的名字、研討會的研究內容、大學附近常去的居酒屋等等，要記住的內容繁多。

就像這樣，我對神崎紫鶴這名女性的經歷變得相當了解。

或許是說話感到口渴，我總覺得紫鶴小姐喝酒的速度變快了很多。

「感覺好像真的有這樣的情侶實際存在一樣。」

「神明寄宿於細節中。這就像是演員在塑造角色啊。」

情報分享完畢後，我不由得心生佩服。

「紫鶴也記住了嗎？」

「我掌握大學生設定的瀨名同——希墨先生的人物形象了。只是，對於約會的真實感還有些不安。」

「那在去買阿希正式上場要穿的西裝時，順便約會就行了吧。若是實際發生過的事情，就能自然地談論了。」

「「約會？」」

我和紫鶴小姐異口同聲地喊。

「有什麼好驚訝的？總不可能要阿希穿著制服去吧。如果穿便服會顯出他年紀小，穿正式西裝不是比較妥當嗎？」

「什麼跟學生約會，太荒謬了！」

「紫鶴。就算是代理的，阿希也是妳的男朋友。是時候控制一下，別每次都反應那麼大。像這樣子，妳的父母一下就會發現了喔。」

聽到她這樣說，紫鶴小姐也沒辦法擺出氣勢洶洶的態度。

「沒問題啦。像今天的聚會，妳也可以講成像男朋友來妳家吃飯過夜的約會一樣。乾脆你們兩個一起做更像情侶的舉動來適應也無所謂。」

亞里亞小姐愉快地說出危險的話。

「那是不可能的！」

把那些話當真的紫鶴小姐猛然站起來，在那一瞬間直接倒下。

我霎時間接住她。

「接得好，阿希。你接住女孩的技巧真是超一流。」

「因為我最近總是遇到這種事。」我吐苦水。

紫鶴小姐身體使不太上力氣，沒有我攙扶就站不住。

「啊～紫鶴喝得滿醉了呢～她後半段喝太凶了。」

看樣子她屬於面不改色的喝酒，突然斷電的類型。

「咦，等等，這要怎麼辦？」

「那你把紫鶴搬到床舖去吧。」

「不行啊。請過來幫忙啊。」

「我也醉了，憑女人的臂力幫不上忙。」

「可是……」

「能扛起紫鶴不是賺到了嗎。盡情享受她像棉花糖般軟綿綿的身體吧。」

「我只是照顧她而已。僅僅是這樣罷了。」

「我還要繼續喝，你不用在意這邊。我把電視音量開大吧。不管發生了什麼事，我都會保密的！」

「妳把從前的班導當成什麼了。」

「沒問題啦。因為她很中意阿希喔。」

「在各方面都有大問題啊。」

「你腦筋還真僵硬～要硬只在床上硬就行了喔。」

發酒瘋的傢伙真麻煩——！

◇◇◇

我抱起紫鶴小姐，搬運到隔壁的臥房。

亞里亞小姐真的沒有幫忙。

我極力按捺著，以免被進入女性臥房的緊張感與雙臂上的柔軟重量擾亂心神。

和客廳一樣，臥房也整理得很乾淨，讓我得以順暢地走到床邊。

我小心翼翼地讓她躺到床上，注意抽回手臂時不吵醒她。

我打開放在枕邊小桌上的間接照明燈。打開房間裡的冷氣以免她睡得不舒服，為她蓋上涼被。

「唔唔……瀨名、同學？」

「老師，妳感覺還好嗎？要我端水過來嗎？」

「不好意思，給你添麻煩了。真的，在各方面都是。」

「走到了這一步，我們已是命運共同體。那就盡力做好，巧妙地克服難關吧。」

「……事情為什麼會變成這樣呢？」

神崎老師仰望著天花板，事不關己般地說道。

「我看是因為老師的一句話，讓亞里亞小姐開始當補習班講師，從那時開始的吧。」

使我和有坂亞里亞結下緣分的人，毫無疑問就是神崎老師本人吧。

「瀨名同學。我也十分清楚這次的事情給你添了麻煩。只要有我能做出的賠罪，我必定會做到。只給你增添負擔，我實在太沒出息了。」

喝醉的紫鶴小姐說話結結巴巴，歉疚地這麼低語。

「沒關係。」

我在床沿坐下。

如果能輕鬆地成為第一名，我當然也想。

我想避開麻煩，要是只做快樂的事就能生活下去，那我也沒有怨言。

不過因為平凡，我只能腳踏實地努力，樣樣通樣樣鬆，而有坂夜華願意愛這樣的我。

換成過著另一種生活方式的瀨名希墨，她一定看也不會看一眼，那樣的我或許也不會特別對夜華產生好感。

戀愛是容易受到立場和環境左右的脆弱且虛幻之物。

只要改變一點條件，本該結為連理的戀情就會無疾而終。

因此，我和夜華能成為情人也是一種奇蹟。

我無意輕忽這樣珍貴又值得感激的東西。

「可是。」

「我的直覺告訴我，我想夜華沒有口頭上所說的那麼討厭老師。」

「不必擔心我也沒關係的。因為遭到學生厭惡，也是教師的職責。」

「唉，我也不會答應當討厭的人的代理男友，這一點請放心。」

「你真溫柔呢。」

「拜此所賜，連情人的姊姊都要得我團團轉。」

「瀨名同學。別看那樣，亞里亞也有可愛之處喔。」

「……老師果然也是大人物呢。」

我感慨地這麼想。

不管懷抱多少親近感，對我而言有坂亞里亞都是恐怖大魔王般的恩人，是情人的姊姊，是另一個世界的人。

「？」

「會說那個有坂亞里亞可愛的人，頂多只有老師而已。」

「瀨名同學，請不要誤會。那孩子真的想要珍惜妹妹。在妹妹決定進入同一所高中時，亞里亞第一個來找我商量，對說我『我妹妹要進來就讀。請老師幫助她。』不過，從碰面的那一瞬間起，她就當我是眼中釘。」

「因為神崎老師，對夜華來說是向未成年的姊姊出手的可恨男性教師啊。」

老師苦笑著，像在說你連那件事也知道嗎？

「第一次見面時，她突然向我怒吼『妳為什麼是女的啊！』。或許一方面是這個緣故，她才會拒絕在入學典禮擔任新生代表致詞。」

「若是一年級時的夜華，沒有那件事也會拒絕。」

「但願如此……」

紫鶴小姐這麼說完後，直接開始發出安靜的睡夢中鼻息。

第九話 晨光會洗去夢想

「這就回來啦？還真快啊。」

「老師睡著了。」

「是嗎。那麼，你也陪陪我吧。」

之前明明醉得那麼厲害，亞里亞小姐又喝起別的酒了。

這次她開了一瓶葡萄酒，往酒杯裡斟滿紅酒。

混著喝這麼多種類的酒，不要緊嗎？

「喝過頭不是不好嗎？」

「在快樂的日子會忍不住喝得多嘛。」

「突然來到班導師的家，我可是一直都很緊張。」

「既然要緊張，乾脆從在計程車上與我獨處時開始緊張啊。」

「我怎麼會事到如今還注意恐怖大魔王。」

我嗤之以鼻，姑且在坐墊上坐下。

「面對我能擺出這種態度，是阿希的長處呢。大多數人都會心神不寧或惶恐起來，能夠保持原本狀態跟我說話的人很少見。」

「如果妳喜歡那種口味，我就這麼做嘍？」

「不要，能輕鬆相處的人變少很寂寞的啊。」

「我是這樣的定位嗎？」

「沒錯～我任何話都可以對你說。」

亞里亞小姐開朗地說著話，毫無防備也該有個限度。

超級大美女處在因為酒精臉泛紅暈，不設防的放鬆狀態。

真的，平常難以接近的美人，鬆懈得令人驚訝。

「妳在外面千萬不能露出這副粗心大意的模樣喔。會引來喘著粗氣的野獸，要小心啊。

夜華又會受到打擊哭泣的。」

「在這種時候提起別的女人的名字，真是不解風情。」

「那是妳自己的妹妹吧。還是我的情人。」

「阿希～你是會在意這種事的類型？」

不行啊，這個人，她完全是覺得好玩。

「挑逗妹妹的男朋友，妳到底是怎麼想的？」

就算知道她在開玩笑，我不禁警惕起來。

「男與女之間如果一時著魔，也會發生那種事。」

「我對這種大學生赤裸裸的性生活狀況敬謝不敏。因為我還是高中生。」

「高中男生的七成明明由性慾構成的，別說謊啦。」

「占七成的是水分。性慾到底有多過剩啊！」

「你明明感興趣的。」

「我只喝了非酒精飲料，沒有喝醉！」

「啊～那個啊……」

意味深長的沉默降臨。

「等等，難道說……」

「我在可樂裡摻了一點成人的液體，讓你興奮起來。因為料理很辣，你沒發現吧？所以，你才能表現得比平常更大膽嘛！」

咦，我能乾脆地喊出老師的名字，也是多虧成人的液體之力嗎？

「我要回去了！」我忍不住站起來。

「真可惜。末班電車早就開走了。」

「從這裡用步行的也回得去。」

「我想你最好別這麼做。光是深夜穿著制服外出就很顯眼了，身上還帶著酒味，如果受到警察關照，事情會變得很麻煩喔。這麼一來，你的家人和小夜或許會傷心的。所以，乖乖在這過夜吧。」

亞里亞小姐咧嘴一笑，想要留住我。她已經直接說出了酒字。

「妳從一開始就企圖使情況變成這樣吧！」

強大到令人膽寒的誘導能力。本來單純的對話，不知不覺間被引導向亞里亞小姐意圖的狀況。

「這個嘛～很難講喔～你就認命地陪我聊天吧～」

亞里亞小姐一邊這麼說，一邊又倒了酒。

我放棄地坐下來。

「我總是逃不出妳的手掌心嗎？」

「你有什麼不滿嗎？」

「面對美女我會感到緊張。」

「拐走我可愛妹妹的壞男人還真敢講。」

「居然依靠這種壞男人，看來妳被逼得相當走投無路呢。」

我只是打算開個玩笑。

然而，亞里亞小姐卻回以出乎意料的反應。

「若非如此，我不會把你拖下水。」

那靜靜的聲調，很不像總是充滿自信與開朗的亞里亞小姐。

「……亞里亞小姐？」

無視於困惑的我，亞里亞小姐靠過來把頭放到我肩上。

我馬上想要退開，卻被亞里亞小姐擋住。那股力量出乎意外的大，不知為何，我對抗拒也感到遲疑，只能保持這樣不動。

「我說過了吧，我沒有阿希你所想的那麼成熟。」

「向我撒嬌，我也很為難啊。」

「有什麼關係。聽我抱怨一下嘛。」

「除了聆聽以外，我什麼也無法做喔。」

「真坦率。」

「都是某人摻進去的魔法液體害的。」

「那是騙你的。阿希你只喝了普通的可樂。」

「又來了喔！」

亞里亞小姐哈哈大笑，滾到了地板上。

「要睡請睡在床鋪或沙發上。睡地板會感冒喔。」

「那阿希來照顧我。」

喝醉的亞里亞小姐鬧著彆扭，說出撒嬌般的話。

「請容我拒絕。」

「我看你討厭我吧～」

「很難講啊。好了，起來換地方吧。」我想扶亞里亞小姐站起來，反倒被她拉住手。突然的舉動令我失去平衡，覆蓋在她身上。

「喂，胡鬧也該有個限度——」

「吶。你跟小夜已經接吻了嗎？」

亞里亞小姐的臉龐近在咫尺。

「……還沒有。」

「喔～」

「不行嗎？」

「我們以為你們早就接吻了。」

「前陣子說不定有過機會的。」

「啊哈哈。礙了你們的事，是我不好。」

然後宛如以鼻息撫摸一般，情人的姊姊對我說出甜美的話語。

「那麼作為賠罪，要跟我接吻嗎？」

「咦？」

「就當成正式接吻的預先練習。」

「啊？」

「──如果是你，可以喔。」

我不禁看向與情人十分相似的另一個女人的嘴唇。

四目交會。

濕潤的眼眸反映出我的身影。

沉默有時很尷尬，有時沉默勝於雄辯。

與情人長得一模一樣的她姊姊，在我眼前以散漫的氣氛露出不設防的姿態。

即使沒有說出口，她的眼神同意了一切。

知道已將意思充分傳達給我，她輕輕地闔上眼皮。

彷彿在說之後就隨你高興吧，她長長的睫毛文風不動，簡直像挑釁一樣。

安靜的客廳裡，有空調細微的聲響，與我特別響亮的心跳聲。

只要放鬆手臂力道，我就可以吻住那感覺很柔軟的嘴唇。

這個情況似曾相識。

第一次進入美術準備室的那一天，我就像這樣推倒了夜華。當時疼痛與不小心壓在女孩身上使我慌亂起來，沒有餘力去看對方。

啊啊，這就是我作夢都夢到過的接吻時機吧。

光是隨著走向順其自然，就能發生行為。

原來如此，發展實在太自然了。

為了填滿這麼近的距離，我之前經歷了那麼多辛苦嗎？

女人泛紅的肌膚、近距離感覺到的體溫、刺激鼻尖的味道、鼻息的聲音。

不管大腦扯多少歪理，一切都成為被嘴唇吸引過去的準備。

跨越界線不需要什麼勇氣。

只要不去思考就行了。

接受迷人的年長女性的好意不就行了嗎？

正因為我身為男性這種生物，心跳就是會忍不住加速。

可是——對象不對。

不管對方是誰，我都不能隨波逐流。

如果被一時的滿足所迷惑，撒下瞞天大謊，我一定會後悔。

我悄悄地抬起身體，背對亞里亞小姐。

「……膽小鬼。」

「調侃小鬼頭很好玩嗎？」

「很好玩。因為與阿希相處很有趣。」

「真的是饒了我吧。」

「我明明會保密的。」

她在我耳畔神祕地低語。

亞里亞小姐無聲無息地從背後將手臂摟上來，身體緊貼向我。

「現在已經相當違規了。」

「如果只知道第一個對象，那和不知道其他女人沒有什麼不同。從更廣泛的視角看看各種對象不是很重要嗎？」

「那麼，突然就遇到命中註定對象的人會怎麼樣？難道因為缺乏經驗，沒法成功而錯過對方嗎？」

「我想像紅線般牢固的羈絆一定會發揮作用吧？」

「那麼在命運面前，經驗不是毫無意義嗎？」

「……哎呀，被你駁倒了。我也醉得很厲害啊～」

背上感受到的體溫離開了。

我去紫鶴的床鋪睡覺，沙發給你用——亞里亞小姐說著走向了臥房。

我把留在桌上的餐具收進廚房，還洗了碗。

收拾完畢以後，我暫且躺在沙發上。

微微敞開的窗簾縫隙露出夜空，我試著尋找月亮的蹤跡。

但是精神上的疲憊達到頂點，我立刻落入夢鄉。

◇◇◇

紫鶴在床上醒來，腦袋因為平常的低血壓沒法好好運轉。

而且宿醉還讓頭痛得厲害。她意識模模糊糊地下了床，亞里亞在身邊睡得很熟。

她先在廚房喝了冰水。又想要揮去盜汗和這種不愉快的心情，進了浴室。她沖了個熱水澡，終於清醒過來。

神清氣爽的紫鶴直接包著一條浴巾走到客廳。空調送出的冷氣讓發熱的身體感到很舒服。是昨天晚上忘記關掉了吧。

在那裡，紫鶴與睡在沙發上的希墨目光相對。

紫鶴發出的聲響正好吵醒了他。

「——————」

「…………………」

瀨名希墨表情僵住，冒出冷汗。

沒錯。昨晚他和亞里亞一起來訪了。

她回想起剛才去廚房時，餐具難得的全部收拾完畢了。應該在當時察覺的。亞里亞總是丟著不管，不會特地洗碗盤。

雖然理解了情況，紫鶴身上包裹的浴巾隨著動搖鬆開。

紫鶴不成聲的驚叫，傳遍耀眼晨光射入室內的客廳。

「真是的～很吵耶，紫鶴～唔唔，感覺好難受……」

聽到紫鶴的聲音，亞里亞也從臥房裡爬了出來。

「我嫁不出去了！」

「不，我們就是為了讓妳不嫁出去而聚會的。」

亞里亞用愛睏的聲音對處在驚慌中的紫鶴傻眼地說。

「我什麼也沒看到！」希墨就像要把頭埋進沙發般低下頭，這麼主張。

看到那個模樣，亞里亞小姐說「好像毛毛蟲一樣，真有趣」，大大地伸個懶腰。

結果，睡昏頭的亞里亞小姐安撫了紫鶴小姐，但我們像被趕出來一般地離開公寓。

換好衣服的亞里亞小姐還睡意朦朧，連眼睛都半張半閉的。

她一個人連直線前進也走不好，在我的幫助下，帶著她走向電梯。

即使抵達一樓，她似乎還是覺得靠自力走路很麻煩。

「我走不動了～阿希，揹我～」亞里亞小姐要求我運送她。

「請妳自己走。」

「我做不到。肚子也餓了，我沒力氣走路～」

「我去便利商店買早餐，請靠自力回復能量。」

「這樣的大美女遇到困難，你還真冷淡。如果我被變態襲擊了，你要怎麼負責？」

「那麼請美女要確實具備美女應有的分寸與防範意識。」

「好過分～你要捨棄恩人不管喔？」

「就是因為沒辦法拋下不管，我才會傷腦筋吧。」

我發出嘆息。

「嗯呼～你這樣的一面真不錯。好，那麼去吃早飯吧！搬運我。」

我們下了電梯。雖然很想直接把她扔在公寓的大廳，但是居民們已經開始用奇怪的眼光看著我們了。

「我想要公主抱。」

「我不願意。」

「咦～你不是對紫鶴抱過嗎。」

「那是因為老師走不動。」

「我也走不動～遲早一定會摔倒的。」

「那是因為妳穿鞋跟那麼高的鞋子吧。」

「揹我啦～」

「我的肩膀借妳扶，就這樣忍耐吧。我不會繼續讓步。」

「阿希真小氣。」

穿著高跟鞋走得跌跌撞撞的亞里亞小姐，坦然地把體重放到我身上。

那種好像昨天什麼也沒發生的態度，坦白說值得慶幸。

「如果不滿意，招計程車趕快回去就行了吧。」

「我不要。我想一起吃早餐。去咖啡廳吧。」

「咦，又要拉著我一起去啊？」

「我會請客，你就吃喜歡的東西吧。高中男生不就是正值生命中最佳時期的飢餓生物嘛。」

「我是肚子餓了沒錯。」

「我給的食物不能吃嗎？」

「請別拿早餐程度的東西威脅人。」

一方面兼做為醒酒，我們拖拖拉拉地閒聊著，走了一站的距離。

抵達熟悉的本地車站後，我們走進咖啡廳。

亞里亞小姐把看到的三明治與司康通通點了。

她把整個錢包交給我結帳，自己先去座位。

我端著堆成小山的托盤尋找亞里亞小姐，她坐在店門口附近的窗邊座位。

亞里亞小姐神色無聊，漫不經心地看向外頭。

「阿希，你好慢。」

她發現了我，舉起手呼喚我的名字。

我對店裡的冷氣心懷感謝，感受夏季的白色陽光吃著早餐。

我們談論在日周塾的回憶、夜華的事、代理男友作戰的最後商議，或是漫無邊際的閒聊，時間很快地過去了。

這場談話，足以填補我考完高中，亞里亞小姐辭去補習班講師兼職後，沒有見面的兩年空白。

「——結果，對我們來說還是像這樣剛剛好啊。」

喝完最後一口咖啡，亞里亞小姐如此呢喃。

「妳是指什麼呢？」

「不管感情多好，阿希你已經是小夜的情人了。」

她在一臉認真地說什麼傷感的話啊。

「亞里亞小姐現在沒有情人嗎？」

「沒有呢。」

「妳馬上就會找到好對象了。」

「關於這個，我不可思議地與感覺很對的對象沒有緣分。」

「妹妹有了情人，讓妳感到焦慮嗎？」

「因為她每天都顯得很幸福嘛。所以讓我有點想知道，戀愛是什麼樣的東西。」

「關於昨晚的事情。」

「嗯。」

「如果要歸咎於酒精——」

「那是我自身所期望的。」

不等我說完，亞里亞小姐明確地告訴我。

我赫然抬頭，受到來自窗外的朝陽映照的美女眼神充滿慈愛，有些寂寞地笑著。

那副模樣實在太像一幅畫，我不禁看得著迷。

如果這不是現實，我會一直眺望下去吧。

「請別偏偏找我這個最糟糕的對象作嘗試。萬一真的發生什麼事，妳打算怎麼辦？」

就算是好奇心與一時興起，這樣玩火也太過惡質了。

「到時候我們就一起揹負十字架，與我交往吧。」

亞里亞小姐始終保持平常心，輕描淡寫地宣言。

她倦怠的微笑看來像開玩笑，也像是認真的。

我不明白。亞里亞小姐明明不擅長演戲，我卻完全捉摸不了她在想些什麼。

「這樣根本無法想像能得到幸福耶。」

心想反正結果都是被她調侃，我順著話隨口說道。

「不需要別人的祝福。我會讓你幸福的。」
「妳只有在這種時候強而有力啊。」
而且異常地充滿說服力。
我咬著酥脆的牛角麵包，試著妄想一下。
能夠如連續劇或電影一般，與這樣的美女一起迎接假日的早晨，的確是幸福的一種形式吧。
縱使在禁忌之愛的最後拋下了其他的一切，如果能與美麗的伴侶悠閒地在咖啡廳裡吃早餐，共度奢侈的時光，作為結局來說並不壞。
亞里亞小姐是曾經陪著我密集地度過備考這段人生時期的人，與我齊心協力努力過的女性。以這層意義來說，她毫無疑問是特別的人。
相遇的時候，我們關係不對等，也沒有把彼此視為戀愛對象看待。
國中時的我比現在更幼稚，只看得到眼前。
亞里亞小姐也只是在工作上與我接觸，我始終只不過是補習班學生中的一員。
故事在經過兩年的空白，雙方都變得成熟一點後重逢時展開。
原來如此，作為戀愛故事的開頭雖然老套，但算是妥當。
不過，有個致命的缺陷。
「要墜入愛河已經太遲了。」

在現實中，如今夜華占據了我的心房中央。

「……這樣啊。」

亞里亞小姐將一雙細腿換邊翹腳，撥起長髮。

「不如說，在神崎老師的事情辦完前，妳做出像昨晚那樣的舉動，萬一我跑掉的話，妳打算怎麼辦？」

我不禁有點開啟訓話模式。

「因為等這件事結束後，我也沒藉口與你見面了吧。」

「也是啊，妳也沒有理由特地見我嘛。」

若非關係特別親近，要隨心所欲地與連結點不多的人見面是很難的。

「我不是那個意思。」

「咦？因為，如果是亞里亞小姐……」

會像平常一樣擅自跑來耍得我團團轉吧——我說到一半停住了。

手肘放在桌上托著臉頰的亞里亞小姐不肯看我，耳朵卻變得通紅。

那副害羞的模樣，與妹妹夜華一模一樣。

「當時，我對小夜感到內疚，教導你的時間對我來說是種救贖。經過我的指導，你的成績大幅進步。感覺就像重新做到了以前我沒能為妹妹做的事，我非常開心。讓我的心情得以放鬆下來。」

「原來妳一直為夜華的事而苦惱著。」

如超人般的亞里亞小姐吐露洩氣話。

「只是，那種事情對妳來說不是理所當然的嗎？」

我總覺得摸不著頭腦。

實際上，除了我以外，還有好幾名補習班學生上過亞里亞小姐的課，考取了第一志願。

我不明白，她為何會從不算優秀的我的成績進步找到特別的意義。

「對我而言，大多數人都在預測範圍內，非常無聊。所以，我會非常中意推翻預測的人。紫鶴也是如此。因為她對我一視同仁，我才很親近她。」

「那我呢？」

瀨名希墨這名平凡的少年，有什麼可取之處嗎？

「一開始，我認為你絕對做不完我出的題目。因為你的目標本來就設得太高，我想你大概會放棄。然而，你持續做下去了。不管發出多少抱怨和牢騷，都一定會在提交日交出來，所以，我真心對你考上學校很感動。而且，以作為姊姊的觀點，你立志考上永聖的動機我也有所共鳴。」

沒想到我居然曾給過恐怖大魔王關鍵一擊。

我絲毫沒想過，在當時那不起眼的眼鏡與口罩底下，亞里亞小姐是這樣覺得的。

「瀨名希墨這個男孩超出我的預期，憑自己的力量寫下了耀眼的成績。這種行動不是看來很帥氣嗎。所以牢牢地烙印在我的記憶中了。」
不要有點害羞的說話啦，我也會不知該如何反應。
「幸好國中時，妳沒有用本來面貌對我說那番台詞。當時的我會產生奇怪的誤會，抱著期待的。」
我打從心裡鬆了口氣。
如果以前被現在的亞里亞小姐誇獎，我應該會無條件地為她著迷吧。
我說不定險些就被美麗大姊姊微不足道的一句話，扭曲了人生。
對於青春期男生而言，有坂亞里亞的存在太過耀眼了。
「呵呵，真可惜。」
「妳把別人的人生當成什麼了？」
「相隔兩年後與你重逢，改變的反倒是我呀。」
「外表的印象是差異很大。」
「我說的不是外表啦。」
「妳說得真誇張，年齡差距又不會突然縮短。我還是高中生，亞里亞小姐是大學生。妳在所有方面都遠比我更成熟。」
「雖然是這樣沒錯，但我會去想一下，還要經過幾年，那段年齡差距才會變成並非什麼大不了的問題呢～」

「無論任何人都敵不過時間。」

超越時間是連亞里亞小姐也做不到的事。

「看著小夜，讓我明白我還沒真心喜歡過某個人。所以本來就認識的阿希容易作為戀愛對象來模擬形象。果然因為我們是姊妹，所以會在意相似的對象嗎？」

希望她別擅自選擇我當自己的戀愛模擬對象。

這種事情是在腦海中自己想像的，別刻意向本人報告。

「禁忌之愛存在於虛構作品中就夠了。」

我輕輕一笑置之。

「因為不被容許，才格外會受到吸引吧。」

「就算受到吸引，那不也是毫無辦法的嗎？也只能那樣罷了。」

逃避到假設的說法中，真不像有坂亞里亞。

其實經過美化的好聽話、理想和幸福之所以充滿魅力，是因為不需要經歷與現實妥協的過程。

能夠以快樂結局的狀態結束很美好吧。

因此，不需要不識趣的日後談或續集。

不用刻意破壞幸福的餘韻。

「我知道的情感甚至稱不上暗戀，頂多算是戀愛未遂吧。」

亞里亞瞇起眼睛注視著洋溢夏日白光的窗外，如自言自語般地說道。

「亞里亞小姐只是突然被當成小孩子看待的妹妹超越，感到焦慮而已。」

這個人一定是人生中從未輸過的類型。

這不知挫折為何物的人，唯一被追過的就是戀愛經驗吧。

「啊，原來如此。這或許是我第一次輸給小夜。」

從她高興地說起自己輸了的反應，可以清楚看出亞里亞小姐有多麼珍惜夜華。

「阿希果然是個好男人呢。」

「唉，因為受到夜華喜歡，是我唯一值得誇耀的事。」

「這算什麼，秀恩愛？好煩！」

她笑著輕拍我的肩膀。

亞里亞小姐愉快的笑臉，果然和夜華一模一樣。

◇◇◇

「那麼，我回去了。」

離開咖啡廳，我決定送亞里亞小姐到車站的計程車乘車處。

氣溫大幅上升，從涼爽的店內來到外面，更是格外感受到那股酷熱。

明明還是早晨，灼痛皮膚的強烈陽光，使我漸漸泛起一層薄汗。

「感覺接下來天氣會變得愈來愈熱。」

「在享受夏天之前，我必須先跨越期末考。」

「凡人真辛苦啊。要大姊姊特別免費教你功課嗎？」

「在各方面真的都快要完蛋時，我會拜託妳的。」

「哎呀，真坦率。」

「因為亞里亞小姐有實際成績啊。」

「只在方便好用的時候找人出去，你這個壞男人。」

「這種說法會造成誤會！」

「開玩笑的啦。阿希真有趣~」

「這樣真的對心臟不好耶。」

「哎呀，要是中暑就糟了。要我借你太陽眼鏡嗎？」

亞里亞小姐在自己的手提包裡翻找。

「不用了——」

「嗚哇？」

注意力放在手邊的亞里亞小姐疏忽了腳下，被路面的一點高低差絆倒。

發現她快要跌倒，我伸出了手。

我抓住失去平衡的亞里亞小姐纖細的手臂，她順著拉扯的力道倒向我。接住她的瞬間，某種柔軟的東西觸及我的耳朵。

霎時間，宛如電流竄過的未知感覺襲來。

「～～～」

「呵呵。你果然很擅長接住人。」

我直接變得動彈不得，亞里亞小姐垂下臉龐，呼吸吹在我的鎖骨上。身體緊貼的柔軟觸感令我心跳加速。

「明明是我先遇見你的，被選上的卻是小夜，真奇怪。」

「亞里亞小姐？」

我對亞里亞小姐的呢喃感到困惑，總算擠出聲音。

「計程車正好來了呢。」

亞里亞小姐倏然離開，迅速鑽進後座。

「阿希，你的臉很紅喔？回去路上小心。」

「饒了我，別再調侃我了。」

早上的車站前對我而言本來就是個忌諱。四月我和夜華兩人在一起時，在這裡被人看見，差點發展成大問題，陷入分手危機。

當時幫助過我的神崎老師和眼前的亞里亞小姐，這次都不能依靠。

「下次見。」

明明坐進車裡，亞里亞小姐卻戴上太陽眼鏡。

車門關上，載著她的計程車在轉眼間遠去。

我按住耳朵，直到看不見計程車為止都呆立不動。

「——希墨。」

我轉身看向聲音傳來的方向，那裡站著夜華與舉著手機的紗夕。

「是八卦啊！是醜聞啊！」

Sentence Spring（文春）！紗夕一臉看到駭人聽聞之物般的表情，瑟瑟發抖。

（註：日本的《週刊文春》經常報導名人醜聞或花邊新聞。）

「等一下，夜華怎麼會來這裡？還有紗夕也是。」

「我、我也不想做這種像狗仔隊般的舉動！可是我看見了！」

紗夕給我看手機畫面。

上面拍下了我與亞里亞小姐抱在一起的身影。

「這只是意外。我只是扶住摔倒的她而已。夜華才是，為什麼會來這裡？」

今天是星期六，學校也放假。

穿著便服的夜華，沒有理由一大早人會在這個位於學校附近的車站前。

「昨天晚上姊姊沒有回家。你也直到早上都沒有聯繫我。我傳了好幾次LINE，你卻沒有回應。這讓我很擔心，想拜託紗夕陪我一起去你家，我們約好在車站會合，結果……」

夜華的語氣很平靜。

我慌忙拿出手機。因為仍是關機狀態，我完全沒有注意到訊息。

可惡，我又疏於聯絡了。為何在關鍵時刻這麼不湊巧。

「等一下，夜華。不是的！」

「那麼，你為什麼還穿著制服？這代表你從昨晚就沒有回家吧。你一整晚都和姊姊在一起對吧。」

夜華依舊低垂著頭，只有語氣突然漸漸加重。

「雖然是這樣沒錯。」

「——我明明相信你的。」

「夜華。」

夜華無視我的呼喚走掉了。

「噗！我對希學長幻滅了。你太差勁了！」

紗夕也一臉輕蔑地瞥了我一眼，立刻去追夜華。

我很想立刻追逐情人的背影。

可是，夜華受傷的聲調殘留在耳中，讓我不知該怎麼辦。

追上去以後，要怎麼解釋才好？

我想不出好的說法能夠證明巧合真是巧合，在原地動彈不得。

第十話　凡人的戰鬥方式

「我遭到希墨背叛了。」

在集結的瀨名會成員們面前，夜華神情凝重地吐露。

在車站前目睹他和姊姊全程互動的夜華和沙夕，一邊前往家庭餐廳，一邊緊急召集了除了幹事以外的瀨名會成員。從來自夜華的意外召集與希墨的缺席察覺非比尋常的氣息，朝姬、日向花和七村三人立刻趕來。

面對夜華說出的那句沉重話語，他們為難地不知該如何反應。

「妳之前說過『如果是希墨，哪怕遭到背叛也無妨』，結果真的遭到背叛了呢。」

「紗夕，不要每個字都記得清清楚楚的。」

「我可是很感動的。啊，這是證據。」紗夕把剛才拍下的震撼照片拿給三人看。

畫面上是希墨的背影，還有和他緊密相貼的亞里亞。雖然看不見兩人的表情，由於他們臉部的位置相重疊，看來像是正在接吻。

「希學長他再三表明對夜學姊一心一意，結果不但在外過夜，還跟人吻別！唯獨這一次，我沒辦法幫他說話！這完全有罪！」

憤怒的沙夕從一開始就斷定這是劈腿。

「幸波經常撞見糟糕的場面呢。」

愛聊八卦的七村沒有像平常一樣高興地大笑，態度特別冷靜。

「這真的是在接吻嗎？雖然看起來像這樣，會不會只是碰巧貼在一起呢？」

日向花也持懷疑態度。既然沒拍到嘴唇相觸的決定性接吻場面，斷定為劈腿還太早了。

「兩位要袒護希學長是沒關係，但這樣一來夜學姊不是很受傷嗎！吶，朝學姊也覺得這完全出局了吧？」

紗夕是現場最火大的人。

她踏出長年的單戀勇於告白，得以讓這段感情告一段落。希墨與夜華之間有著強韌的羈絆，沒有旁人介入的空間。正因為如此，紗夕才能接受並選擇退出。然而，她卻撞見像在背叛這段感情的場面，變得超出必要地情緒化。

「妳的姊姊終於展現本性了呢。」

朝姬的表情雖然平靜，卻難掩語氣中的煩躁。

「姊姊的本性？」

妳是說什麼？不太明白的夜華歪歪頭。

「暫停！支倉和幸波都搞錯最根本的問題了喔。」

七村立刻插口。

「妳們太貿然斷定了。首先，有坂幾時懷疑過瀨名劈腿啊？」

「「咦？」」

朝姬和紗夕同時驚呼。

「因為，有坂同學自己不是生氣地說她『遭到背叛』了嗎？」

「對呀～從希學長狼狽的反應來看，顯然嫌疑很大！」

「不管事情經過是如何，即使不是瀨名，在抱住某個人的時候被情人與熟人看到，當然都會慌張吧。這種時候能保持冷靜反倒才可疑。唉，我做得到就是了。」

先不提七村本人，這個說法有其道理。

「有坂生氣是因為別的理由。她絲毫不懷疑瀨名會劈腿。對吧，有坂？」

只要知道瀨名希墨對有坂夜華有多專情，就知道他不可能劈腿。

「嗯。」

夜華也乾脆肯定了。

情人只是與自己的姊姊在一塊。

夜華完全沒想像過在此之上的可能性。

「看到那個場面，懷疑希墨同學和妳姊姊劈腿是普通反應吧？」

朝姬還是難以相信，不禁再度確認。

「我不高興的是希墨疏於聯絡。還有他違反了不接近姊姊的約定。」

夜華當然正在生氣。

只是，比起激怒，更像是氣呼呼這種可愛類型的怒氣。

「那希望妳別用『我遭到希墨背叛了』這種容易混淆的說法……」

以前曾當面領教夜華傾瀉認真感情的朝姬，明白那並非謊言。

即使並非如此，對紗夕的照片感到憤怒的人不是別人，正是朝姬本身。

「那麼，夜學姊為什麼要從車站前逃走呢？」

當時在場的紗夕，突然變得無法理解夜華的行動。

「因為我明明是擔心而特地過來，希墨卻一整晚都和姊姊在一起。就像只有我被排除在外，我很不甘心。」

「妳是有多喜歡妳姊姊和希學長啊！」

紗夕一副無法理解的樣子，表情一陣抽搐。

「如果是別的女人，我當然會有點疑心。不過，那是我的姊姊。」

有坂夜華毫不懷疑。

那份驚人的善良，讓其他人只能閉上嘴巴。

一方面將大多數人推開，另一方面又能對認同的對象澈底寄予信賴，真是厲害。

也就是說，這證明夜華堅定不移的喜歡著希墨。

「就算是親生姊姊，男與女之間會發生什麼事也不稀奇，即使接吻也是。」

朝姬就像在使壞心眼般，刻意試著拋出常見的想法。

「——咦？」

夜華這次真的驚訝了。

「有坂同學尊敬並喜歡妳姊姊是很好，但我想現實中的妳姊姊則不同吧。不管多麼優秀厲害，她也是大學生，有在意的對象，就會接近對方，讓對方產生好感，製造藉口想與他見面。只要有推進關係的機會，就會刻意給對方可趁之機。她不是正在玩這種理所當然的戀愛遊戲嗎？」

「戀愛、遊戲。」

「妳不也心中有數嗎？」

朝姬指出的癥結使夜華陷入思考。

「怎麼可能，這種事……」

她否認的語氣很弱。

夜華的腦海中，浮現幾幕至今姊姊對希墨過度身體接觸的場面。若以冷靜的目光來看，那作為對待從前學生的方式，蘊含了太多親暱。

「我不知道有坂同學的姊姊有多少自覺，但好感看在旁人眼中是意外地明顯。這一點妳不是最親身經歷過嗎？」

「——唔。」

回顧自己，夜華對姊姊產生了懷疑。

當瀨名希墨在同班同學面前發表情侶宣言的那一刻，夜華認為完了。

暴露在看珍禽異獸的好奇目光下的不快生活要開始了。

那樣的絕望令她慌亂，但同學們早已發現了夜華的戀慕之心。

不安以杞憂告終，大家理所當然地接受她是瀨名希墨的情人這件事，一直安穩地走到了今天。

「不好意思，妳把親人想像得太美好了。要怎麼看待是妳的自由，但誤判那個姊姊很危險喔。」

朝姬的建議，要稱作威脅太過溫柔。

夜華感到眼暈眼花。

自己的姊姊成為情敵？這種現實有可能發生嗎？

「希墨絕對沒有接吻！因為他明明和我都還沒親過！」

夜華反射性地連沒必要說的話都脫口而出。

「……我很清楚，妳是澈底不懷疑喜歡對象的樂天派了。」

「夜學姊，這樣實在很可怕耶。妳的正妻感有點不得了。」

比起對希墨的怒氣，紗夕反倒對夜華感到敬畏。

「不過，如果被有坂的姊姊用成人的性感誘惑，我看就算瀨名也會——」

夜華用帶刺的視線打斷了七村的話。

「嗚喔，被有坂瞪超可怕的！」七村大幅抖了抖寬闊的肩膀。

「別擔心。依照墨墨的性格，我看只是幫忙扶住差點摔倒的姊姊之類的吧？因為在不知道有誰會看見的車站前，墨墨不可能做出那麼大膽的行動。」

日向花瞥了紗夕一眼。

「可、可是，這張照片要怎麼解釋呢？光是代理男友的事情都是大問題了，如果夜學姊的姊姊和希學長還變得親近，那可不只是局面慘烈而已……」

漸漸冷靜下來的沙夕，試圖正確掌握複雜化的現狀。

「就放著別管吧？我對希墨同學的感情尚在。就像有坂同學的姊姊所說的一樣，如果這次的事情失敗，我或許會得利。」

就像在說我受夠了一樣，朝姬態度敷衍。

「嗚喔，這種時刻還發出宣戰布告！妳對瀨名立的flag果然還沒消滅啊。」

「朝姬為什麼這麼毫不留情呢～」

「朝學姊好大膽？」

三人等待著夜華的反應。

無視集中在自己身上的目光，夜華專注地埋首思考。

諷刺的是，身邊最需要注意的人物支倉朝姬的話，反倒讓夜華冷靜下來。

被逼得走投無路時，她天生的優秀頭腦逐漸發揮本領。

將軟弱、雜念與瀕臨爆發的情緒通通放下，冷靜現實的思維高速探討所有可能性，引導出針對未來可能的發展應採取的最佳行動。

「夜夜……？」

日向花呼喚依然沉默不語的夜華。

此刻化身為美麗理智怪物的夜華，分析著與自己有血緣關係的姊姊的真實意圖。

將有坂亞里亞作為真實的女性，而非從小憧憬的理想姊姊，重新加以構築。

於是，夜華得出了自己的答案。

「支倉同學要旁觀也無所謂。不過，如果姊姊是妳懷疑的那種人，最後勝利的人不會是我和妳——一定是姊姊。」

夜華像威脅般地告訴她。

瀨名會的眾人，從那個神情看到了那位姊姊的影子。

「如果失敗了，那個班導師也會辭職吧？就算支倉同學默默坐視，到底哪裡會有好處呢？」

支倉朝姬無法超越有坂亞里亞——夜華意在言外地這麼斷言。

「……那麼如果是有坂同學，會怎麼做？」

朝姬微微擺出聆聽的姿勢。

「班導師的事情對我來說無關緊要。當代理男友也是姊姊強行拜託的，我也明白以希墨的性格會無法拒絕。」

「如果妳姊姊背叛了妳呢？」

「我很喜歡姊姊，她一直是我的目標。所以如果要和姊姊相比，我沒有獲勝的自信。」

夜華吐露誠實的心情。

姊姊是她仰望的存在，至今連一次也不曾覺得想贏過她。

「——即使如此，唯獨希墨另當別論。」

夜華發出連自己都感到吃驚的明確聲音。

「不止姊姊而已，我無意把他交給任何人。」

她一邊這麼斷言，一邊注視著朝姬。

「支倉同學，我有個提議。單靠我無法正確看待姊姊。而妳也不是姊姊的對手。不過，如果妳願意協助，就能維持現狀。至少，我認為這個瀨名會的團體還不壞。反倒甚至待得很愉快。所以，不管團體裡有什麼樣的女孩，我都不打算抱怨。」

這是身為情人的夜華的讓步與承諾。

即使想要橫刀奪愛搶走男朋友的人就在身邊，她也不會拒絕。夜華本身接受了她的存在。

「如果妳想讓希墨成為自己的情人，拿我當對手不是比面對姊姊更有勝算得多嗎？」

「那個有坂……」「正在運用手腕？」

聽到夜華的提議，七村與日向花同時感到驚訝。

一路支持希墨和夜華的戀情的兩位朋友，對她令人瞠目的成長十分感動。

「有坂同學願意這樣？」

朝姬露出無畏的笑容。

「因為我必須好好的面對姊姊。」

如果亞里亞青睞希墨的理由裡，有「戀愛感情」的話——

夜華必須在後悔一切之前，與曾仰望的理想對峙。

「不過，具體而言接下來要怎麼辦？」

「總之，先向希墨同學確認事實吧？」

「對了，夜學姊在離去時，說了『我明明相信你的』這種非常容易誤會的話喔。」

「我說出來了……」

夜華露出暗叫不妙的臉色。

「唉～～瀨名那傢伙，大概正倒在家裡的床鋪上喔。」

七村臉上浮現竊笑。

「怎、怎麼辦？」

「真拿夜夜沒辦法～這裡就由我來出一臂之力吧。」

「妳要怎麼做，宮內？」

「借用超強力幫手的力量！」

日向花拿出手機，傳訊息給最接近瀨名希墨的對象。

不久之後，她馬上收到回覆。

「那麼，難得有機會，大家一起去吧。」

◇◇◇

「我的夏天結束了。」

在期末考考完前，一切都結束了。

在烈日之下，幾乎像行屍走肉的我設法回到了家。

我試圖以沖冷水澡洗去雜念，卻徒勞無功。

我只穿上四角褲，躺倒在床上。連穿衣服也嫌麻煩。腦海中一團亂麻，明明睡眠不足，

我卻遲遲沒有睡意。

躺在開著冷氣的房間裡，我簡直像一具活屍。

是僅僅在呼吸的虛無。
我提不起勁做任何事。明明情況很糟糕，我卻不知道該怎麼辦。
明明很焦慮，卻像齒輪對不上一樣，只有心在空轉。
儘管如此，不肯放棄的我不禁在腦海一角思考。
「要怎麼做，夜華才肯原諒我呢……」
昨天發生了太多事情，我忘了把手機開機。
我直到深夜才睡著，手忙腳亂地起床後也一直在跟亞里亞小姐說話。最致命的是，在最糟糕的時機被她撞見了。
「她明明是因為擔心我而特地過來，我在幹什麼啊。」
不管再怎麼痛罵自己都不夠。
本來就有代理男友那件事，現在還讓狀況進一步惡化是要怎麼辦。
我明明是為了夜華而答應的，如果跟夜華分手了，豈非得不償失？
「如果一開始拒絕就好了……」
我終於脫口說出喪氣話。
不管有什麼理由，要是傷害了夜華就沒有意義。
即使代理男友成功了，夜華會因為我的關係變得更加討厭神崎老師。
「——啊，我為什麼以分手為前提思考啊！」

我為放著不管就快陷入負面思考的自己打氣。

超出必要程度地對沒有發生的事情發揮想像力，也只會讓自己沮喪而已。

重要的是整理現狀，釐清該做的事。

「我接住亞里亞小姐單純是個巧合。夜華只是擔心我而過來看看。神崎老師的事情始終是演戲。然後，我很喜歡夜華。只是不幸的巧合撞在一塊而已！」

並不是哪個人有錯。

只是不湊巧罷了。

思考吧，思考吧，思考吧。

在更加後悔之前，唯有行動一途。

為了避免迎來以人人都受傷告終的最糟結果，想出可行範圍內的最好做法吧。

就算並不完美，也要引導出最佳的做法。

『瀨名。選擇某個人，就代表不選擇其他人。』

七村在拉麵店裡對我說過的話，現在感覺帶著不同的意味。

這並非單純僅限於戀愛。能夠處理的事物是有限的。

選擇即是標出明確的優先順序。

我的目標是與夜華繼續當情侶，由神崎老師擔任班導師直到最後。

情人、朋友與老師一個也不缺，直到從永聖高中畢業為止都過著快樂的生活。

「啊，奇怪。我為什麼會跳過瀨名會的大家來思考？」

我事到如今才察覺。

亞里亞小姐說因為這是老師的私生活問題，所以只向我尋求協助。

仔細回頭想想，紗夕在群組聊天室裡傳開了相親的消息，瀨名會全員都知道了。

一直把知情的他們冷落在局外，有意義嗎？

「……亞里亞小姐真的認為，靠我一個人就夠了嗎？」

為了解讀出題者的意圖，我再度試著思考了安排現狀之人的想法。

我很感謝她信任我，可惜的是，我對自己沒那麼有自信。

我反倒想盡可能得到可靠朋友們的支持。

「──沒錯。這樣做就行了啊。」

我總是借助某個人的力量來克服難關。

當我像這樣確立自己的對策與覺悟時，吵吵鬧鬧的聲音突然傳來。

◇◇◇

「希墨～！你有客人喔～！」

妹妹映不顧我方便與否，連門也沒敲就走進房間。

而且情緒還比平常更加興奮。

「客人？是誰？」

我看向房間門口，夜華、朝姬同學、小宮、紗夕、七村都來了。

「大家……」

「希墨，總之你先穿上衣服！」夜華大叫。

「？」

我發現自己只穿了一件四角褲，慌忙穿上衣服。

「瀨名啊，你妹妹看起來很有未來性呢。」

「敢跟她講話我就殺了你。」

「這條件不會太苛刻嗎？小學生實在不在我的目標範圍內喔。」

七村悠哉地走進房間，女生們也跟著小心翼翼地進入室內。

我沒怎麼整理，希望你們不要盯著看。

「咦～這到底是怎麼回事？所有人到齊還跑來我家……」

我困惑地環顧大家。

「剛才日向花傳了LINE給我。她問我待會大家可不可以過來見希墨，我說了可以。」

回答的人，不知為何是妹妹映。

「映，這種事要先向我確認。還有要叫我哥哥。」

「因為人家想見夜華和日向花嘛。」

映始終是抱著純粹想玩的心情，高興地答應了吧。唉，我失魂落魄到連門鈴響了都沒發現，能不能做出正常反應也值得懷疑。

「小宮也是，妳什麼時候和映交換聯絡方式的？」

「抱歉。其實去年上門打擾時，我們就偷偷交換過了。」

小宮露出虎牙，可愛地告訴我先前沒說的事。

「我是第一次聽說耶……」

「我們不時會互傳訊息。小映打字很快呢～」

「啊。難道說在亞里亞小姐來學校那天，跟映傳訊聊天的人就是小宮～？」

「正確答案。原諒我，墨墨。」

「映沒有多嘴說了什麼話吧？」

天真無邪的映感覺無論什麼問題都會回答，我很擔心她與小宮的聊天內容。

「放心吧，頂多只是知道小映很喜歡墨墨而已。」

「我好不安。」

面對映找過來的瀨名會，我振作起精神。

「映。大家有重要的事情要談，妳先出房間吧。」

「咦～我不要。人家也要一起玩。我討厭被排擠！」

夜華蹲下來，向鬧起彆扭的妹妹開口：

「對不起，小映。我和希墨吵了一架。所以可以讓我們談談，好讓我們能夠和好嗎？」

「夜華和他吵架了？」

「嗯。」

「做錯的人是希墨？還是夜華？」

「我想雙方都有錯。」

「……我不要希墨又變得像春假時那樣。」

「春假？」

「嗯。今年春假希墨一直怪怪的。總是心神不寧，突然做各種事又突然停下來，感覺很可怕。」

等待夜華給予告白答覆時的我，原來這麼害妹妹擔心嗎？

「所以，你們要好好地和好！」

映清楚地向夜華宣言。

「瀨名的妹妹真厲害。對著那個有坂訓話。」

當七村這麼說，小宮一拳揍向他的腹側。突然遭到攻擊，讓個子高大的七村身軀弓成く字形。

「嗯，我們會好好處理的。」

「因為人家也喜歡夜華，妳要再像這樣過來玩喔。約好了喔。」

感動不已的夜華緊緊擁抱住映。

映走出房間，我重新在相隔幾小時後面對夜華。

「夜華，希望妳聽我說。聽過以後再做判斷吧。」

「我要問你問題，不要猶豫地回答我。」夜華也從一開始就有此意。

「我知道了。」

「你跟姊姊劈腿了嗎？」

「沒有。」

「昨天晚上你做了什麼？」

「為了代理男友的事到神崎老師家商議，所以昨晚是三個人。」

「喔～那沒有聯絡我的理由呢？」

「為了做各種準備，我把手機關機了。」

「……一直到早上？」

「商議延長了。如果半夜穿著制服出門被警察輔導的話，會很麻煩。」

「你可以更早回來的吧？為什麼和姊姊兩人獨處直到早上？」

「我們去吃了早飯。我有咖啡廳的發票，妳要查看嗎？」

到這裡為止都以明快節奏提問的夜華，稍微放慢下來。

「你在車站，為什麼會跟姊姊抱在一起？」

「我只是霎時間抱住了絆倒的她。」

「你們看起來像在接吻——」

「我們沒有！」

我大聲回答。

所有人都發出放心的嘆息。

「希學長，不好意思。是我太武斷了。對不起。」

紗夕率先向我道歉。

「謝謝妳從早上開始一直陪伴著夜華，紗夕。」

「請別用這種會造成誤會的溫柔誤導女孩子喔。朝學姊也能接受了吧？」

一臉不好意思的紗夕，等待朝姬同學的反應。

自從在學生餐廳的那件事後，我和朝姬同學就變得關係尷尬，只能進行表面上的互動。

所以，我覺得有很久沒像這樣與她面對面交談了。

「我的情況並沒有改變，反倒是才要開始。」

朝姬同學一如往常地直視著我。

再也不去掩藏了。彷彿心態這樣豁然開朗一般，她以從容的笑容如此回答。

「那麼，既然疑問解除了，我們進入下個話題吧。」

小宮站在房間中央。

「我們在過來這裡之前協議過，我們也希望神崎老師以後繼續擔任班導師，因此想以瀨名會之力來支援墨墨個人。」

「簡單的說，瀨名和別的女人兩人獨處，有一大票人會吃醋。所以我們會幫忙，相對的你要分享更多情報，就是這樣。」

聽到七村直接的說法，我不禁露出苦笑。

「謝謝，我也有同樣的想法。」

有最糟糕的時機，也有最佳時機像這樣相合的瞬間。

我表明率直的心情。

「如果能用代理男友避免相親，那是再好也不過了。但實際上這是施行大規模的謊言後走一步看一步。就算亞里亞小姐說這是有勝算的計畫。我認為沒有絕對會成功的保證。因此為了以防萬一，我想請大家幫忙作為保險。」

為了實行我構思的阻止相親作戰，我尋求大家的力量。

「夜華，我很清楚妳提不起勁為神崎老師出力。不過，少了妳是不行的。」

——特別是夜華作為作戰的關鍵人物，她的協助不可或缺。

我告訴大家我的假設。

「我也有事要跟希墨商量。」

經過討論，最後包含夜華在內的所有人都答應了。

「希墨同學，為了神崎老師，我作為班長也贊成你的提案。不過，我在最後還是有一個問題。」

「是什麼呢？朝姬同學。」

「我明白希墨同學相信有坂同學的姊姊，是因為她是讓你考上學校的恩人。不過，你執著於考上永聖的理由是什麼？」

「因為離我家很近，而且考慮到考大學的事，我想讀偏差值高的學校。」

我淡淡地回答。

「真的只有這樣嗎？我總覺得這作為拚命用功的理由很薄弱。」

朝姬同學試探般地瞇起眼睛。

「……不說不行嗎？」

「希墨同學，我想知道。」

瀨名會的大家也等著我回答。

既然已經把他們捲入問題中，我也只能坦承了。

「因為映哭了。兩年前她還在讀小學二年級，比現在更加幼稚。要是我去讀遠處的高中，就沒辦法跟她一起出門了，她因此鬧脾氣鬧得很厲害。說到離我家最近的高中，就是永聖。因為沒有辦法，我便宣言要考上永聖。映聽了也很高興，我心想只能認真去拼了……是亞里亞小姐為我實現了這個願望。」

我忍耐著難為情，揭露這件事。

「希墨你這妹控。」「原來希墨同學是大妹控啊。」「墨墨是妹控呢～」「希學長，你的妹控也太嚴重了。」「瀨名啊，妹妹遲早一定會離巢獨立喔。」

五人的反應正如我所料。

「所以我才不想講啊！在我確定考上時又哭又叫的她本人也完全忘了這件事！」

「你們和好了嗎？」聽到室內響起的大笑聲，映戰戰兢兢地過來看看情況。

第十一話　因為愛才困難

正式上場的日子終於到了。

會場是以庭園著稱的東京都內飯店。

「嗯，兩人都打扮得很有型呢。」

紫鶴小姐身穿華麗的和服。烏黑的長髮盤了起來，非常美麗。

我穿著事先和亞里亞小姐、紫鶴小姐一起在百貨公司購買的西裝。穿著不習慣的西裝，加上髮型也好好打理過，我簡直像變成了另一個人。

實際上，今天我在設定上是大學生瀨名希墨，神崎紫鶴的代理男友，以未來結婚為前提正在交往中。

從剛剛開始，我去過好幾次廁所，還是坐立不安。

「好了，你們表情都好僵硬。都特地做過夜間特訓了，如果正式上場時無法發揮，就沒有意義啦。放輕鬆點。」

「亞里亞小姐，這種形容……」「很猥褻。很輕率。」

那番悠哉的話，稍微緩解了我們的緊張。

「不要緊啦。不管是哭是笑，事情無論如何都會在這裡告一段落。不要害怕，去好好扮演情侶吧。」

「亞里亞小姐，感謝妳在各方面的關照。」

我先行道謝。我正處在這種心情中。

「把你拖下水的是我呀。我才要謝謝你的參與。」

「妳要不要正式登場也順道一起出席呢？」

「我就不用了。」

「妳今天特別收斂呢。」

「因為我有我要做的事。」

亞里亞小姐含糊地回答。

「如果事情順利結束，請也讓我向妳致謝。」

紫鶴小姐也提議道。

「喔，那我們暑假去旅行吧！去紫鶴家的別墅就不錯呢。」

「亞里亞，妳還要拖他一起去嗎？」

紫鶴小姐對亞里亞小姐的我行我素感到傻眼。

「……我又沒有說要帶阿希去。什麼，紫鶴好色喔～」

「那、那是言語上的誤會而已！」

完全被抓住話柄，紫鶴小姐很慌張。

我口袋裡的手機突然響起通知音。

「阿希。手機要確實調成靜音模式。在談話途中發出聲響，會留下不好的印象喔。」

「抱歉，我馬上調整。」

我迅速地回覆後，將手機收進懷中。

「雖然早了一點，是時候過去了吧，紫鶴小姐。」

我重新看看跟父親借來的手表，約定的時刻近了。

「好的。請多關照，希墨先生。」

紫鶴小姐並肩站在我的身旁。

「我祈禱你們順利成功喔。」

亞里亞小姐送我們走出大廳，我們前往指定的餐廳。

飯店內的日式餐廳。

我們被帶往面向日本庭園的安靜包廂。

在我們入座後不久，穿著得體和服的夫妻出現了。

看到第一眼的瞬間，紫鶴小姐父母的魄力就讓我想逃跑。

首先，她父親的外表很可怕。

他粗硬的頭髮剃得很短，生著一張國字臉，眉間刻著深深的皺紋，眼神凌厲凶狠，嘴角往下撇，看起來心情不佳。即使隔著帶有家徽的和服褲裙，也看得出他體型高大又厚實。高級手表在粗壯的手腕上閃爍金光。

我就直說了，請問是黑道人士嗎？

明明去過廁所，我卻感覺快尿出來了。

與他並肩而立的紫鶴小姐的母親，也是適合穿和服的和風美人。跟紫鶴小姐一模一樣的五官與歷經歲月的莊嚴美貌，讓我差點忍不住叩拜口呼「大姊頭」。那意志堅定的鋒利眼神、不允許任何辯駁的魄力，都不是女兒紫鶴小姐所能相比的。我痛切地感受到，我們這些學生在教室裡是受到老師多麼和善的對待。在看來這麼嚴格的母親撫養下長大的紫鶴小姐，性格會一本正經又一絲不苟，也可以理解。如果反抗她，不知道會有什麼下場。

這也完全是黑道之妻。

門後沒有小弟在待命吧？

我本來就處在代理男友這個危險的立場，與比我想像中更嚴厲的雙親會面。

當謊言拆穿時，到底會怎麼樣呢？

我能活著回去嗎？

「父親母親，久疏問候。」

紫鶴小姐站起來恭敬地低頭行禮。

我也照樣行禮。

「紫鶴，看來妳精神不錯。別專注於工作，也要回家看看。是吧，老公。」

「唔。」

她父親依舊抱著雙臂，僅用低沉的聲音回應並微微頷首，幾乎連看也沒看我。

看來會話的主導權掌握在她母親手中。

與這樣令人生畏的丈夫結婚，養育了紫鶴小姐的女中豪傑，想必膽量過人。

在相隔許久後相見的親子之間毫無和睦的氣氛，近似於壓力面試。

「那麼，這一位就是與紫鶴交往的人嗎？」

既然我在這裡一同出席，她從一開始就對此心知肚明，卻還刻意詢問，顯然我並不太受歡迎。

「是、是的！瀨——希、希墨先生他。啊……」

紫鶴小姐整個人都硬梆梆了！

順利的部分只到打招呼為止。在講台上凜然的模樣消失無蹤。紫鶴小姐比我預想中更緊張十倍。她聲音變調，連呼吸都不順暢了。

咦，面對親生父母會緊張到這種程度嗎？

喂，亞里亞小姐，情勢從一開始就非常不妙耶！

我在心中向把我拖下水的元凶抱怨，但她當然不可能聽得見。

「紫鶴，妳突然是怎麼了？說話這樣結結巴巴的有辦法擔任教師嗎？」

簡直就像是被蛇盯上的青蛙，紫鶴小姐完全縮成一團。

我看不下去，決定自己自我介紹。

「請容我向兩位問候。我正在與紫鶴小姐交往，名叫瀨名希墨。初次見面。感謝兩位今日撥冗前來。我很期待與伯父伯母見面。」

我努力盡可能扮演爽朗的青年。

「——你還真年輕呢，看起來像是高中生年紀。」

突然被指出來了！

「我、我是娃娃臉！所以紫鶴小姐一開始也完全不理會我，讓我費了一番苦心。」

「你和她是在哪裡認識的？」

「大學研討會的聚餐上。已經畢業的學長姊也都來了，我對他們當中的紫鶴小姐一見鍾情，向她展開猛烈的追求後，得以與她交往。」

我按照亞里亞小姐灌輸給我的設定說道。

我不惜犧牲期末考的讀書時間，把代理男友大學生瀨名希墨的虛構經歷都灌輸進腦子裡。放馬過來，不管出什麼招式我都會克服它。

紫鶴小姐的母親像在估量我一樣直盯著我，然後詢問紫鶴小姐。

「妳受到他的什麼地方吸引呢？」
「那個，他……」
「紫鶴。妳連喜歡人的理由沒辦法立刻回答出來嗎？」
才相隔了一下吧。到底是尋求多快的節奏啊。
如果在嘗試發言之前遭到制止，就說不出自己想說的話。
嗯，看來要與她正常溝通相當困難。
這不是必定戰敗的事件嗎？
「打擾了。為各位上菜。」飯店的工作人員在恰好的時機開口。
好，能暫時截斷這個走向了。
紫鶴小姐，在這段期間重整精神狀態吧。
由於是午間聚餐，事先訂好的豪華餐盒送了上來。
具備高級感的餐盒裡，裝著各種看來美味可口的料理。
「總之先開動吧。」
以她母親的一句話為信號，我們用餐了一段時間。
難得有機會吃飯店餐點，我的心情也興奮起來，但因為太過緊張，我感覺不到餓。
我試著動了筷子，卻不怎麼能享受滋味。
真浪費。實在好可惜。

「母親。」

紫鶴小姐大大地做個深呼吸。

「希墨先生溫柔和善，看到有人遇到困難不會置之不理。他不顧自己的得失，為他人不遺餘力。我信任這樣認真的他，也尊敬他。他是我能自信地帶來與父母見面的好男人。」

即使是作為代理男友，能得到紫鶴小姐的稱讚也很令人開心。

「我記得，這是妳第一次帶情人回來吧。」

「是的。我是認真的。」

紫鶴小姐無懼地回答。

紫鶴小姐的母親與身旁沉默不語的父親互望一眼，轉向了我。

「作為父母，我想知道的只有你是否適合作為紫鶴的伴侶。僅此而已。」

「我並不成熟，但對於心上人的愛意不會輸給任何人。」

「那種事是理所當然的吧。」

「那麼，要告訴您什麼，您才會認同我們的交往呢？是我的經歷，與未來的就職公司嗎？」

「那種可以寫在履歷上的資料，只要找徵信社調查就行了。因為沒有必要辨別謊言。」

面對好歹是女兒交往對象的人，她沒表現出任何善意的反應。

不，我也是代理男友就是了。

「你具體上是受到這孩子的哪一點吸引？」

「紫鶴小姐非常體貼又細心。她會仔細觀察周遭，早一步察覺我的煩惱。她會親切地陪我商量，儘管也經常被她告誡，但當感到迷惘時，她會輕輕往我背上推一把。我本身也像這樣，好幾次受到她的幫助。」

我也作為學生，在神崎紫鶴手下遭遇過許多事。

才剛入學，我就突然被指派為班長，因為學校大量的活動而辛苦操勞。我不是積極去領導的類型，並不擅長率領周遭眾人、發出指示。不過堅持就是勝利。雖然辛苦，我獲得了一點自信。

在夏季到來前，籃球社的那件事給她添了很多麻煩。儘管我不後悔，老師卻一直很耿耿於懷，讓我過意不去。

然後是夜華的事情。

我忘不了受神崎紫鶴幫助的恩情。

所以，我才會參與代理男友這種亂來的計畫。

「你對紫鶴抱著好感，作為母親我很高興。那麼反過來說，你希望紫鶴改善的地方是什麼？」

「希望她改善的地方嗎？」

「就算喜歡，未必就要容許對方的一切。當然容許是必要的，但有無法容許之事時，彼此能夠好好溝通是最重要的。」

我發現這位母親的說話方式與在教室時的神崎老師一模一樣。真正的紫鶴小姐明明就在身旁，感覺好奇妙。

總覺得只要想成是在教室裡跟老師交談，緊張也漸漸冷靜下來。

「什麼也沒有——雖然我想這麼說，但只有一點。紫鶴小姐喝酒時臉色不會變吧。然後會突然達到極限，所以喝酒請適可而止喔。」

我坦率地說出前幾天在紫鶴小姐家發覺的事實。

「等、等等，希墨先生？」

突如其來的揭露，看來消除了紫鶴小姐的緊張感。

「哈哈哈，這不是跟妳媽一模一樣嗎？」

她父親意外地反應很好。

「我的事情與現在無關吧。」

紫鶴小姐的母親靜靜地一喝，相貌凶惡的父親立刻陷入沉默。看來他完全是個妻管嚴。

「紫鶴。在外面真的要注意。」

「好的。」紫鶴小姐坦率地反省。

「上次因為是在家中，可以馬上躺下來。」

為了強調像情人的部分，我刻意試著這麼說。

然而，一聽到那句話，她的父母都很錯愕。

「紫鶴，妳讓他進過家裡嗎？」

她母親的聲調前所未有地緊繃。不是像先前一樣帶給人壓迫感，能感受到是真的在擔心她。

一旁的父親也抱起雙臂，猛然瞇起眼睛。

紫鶴小姐也察覺母親的變化，猶豫著該如何回答。

「回答問題。他去過妳家嗎？」

她母親重複同樣的問題。

紫鶴小姐望向我。怎麼辦？她用眼神發問。

我們還沒回答，她母親忍不下去而拋出的話讓我們僵住不動。

「紫鶴，就算他真的是妳的情人，讓高中男生進入教師家裡，再怎麼樣也太不知羞恥了。」

神崎紫鶴的父母早已知道瀨名希墨的真實身分。

「您在說什麼？我是——」我立刻否認。

「鬧劇結束了。瀨名希墨同學，聽說你是紫鶴的學生。關心班導師是很好，但不管再怎麼努力，你的年紀看起來都不像超過二十歲。那種說話口吻也相當牽強。」

「——是有坂亞里亞告訴你們的嗎？」

我馬上想到外洩情報的犯人。

「沒錯。她前幾日來訪，特意告知了此事。」

她母親乾脆地承認。

紫鶴小姐大受打擊。

跟我們合作的亞里亞小姐本人，在背後告知她雙親計畫，這個消息令人震驚。

不過，我現在沒有餘裕關注紫鶴小姐和思考亞里亞小姐的真實意圖。

我必須向眼前的對象傳達該傳達的事。

「……關於說謊一事，我向兩位道歉。對不起。所以，這次請讓我重新以神崎老師學生的身分表達意見。我以後也想繼續由老師教導。」

這時候繼續說謊並非上策。

我豁出去，作為真實的瀨名希墨嘗試說服他們。

「瀨名同學，對你而言這或許是高中三年，對我女兒而言卻是一輩子的問題。」

「可是，在現代由父母來決定孩子的婚姻，不是干涉過度了嗎？」

即使知道這樣很狂妄，但是躊躇不決，就會輸掉爭論。

我決定直接把想到的念頭立刻說出口。

「我知道。如果紫鶴能自己找到結婚對象，我無意說三道四。可是，這孩子難得出落得姿色動人，卻從學生時代起一次也沒聽說過戀愛傳聞，出社會後又只顧著工作。」

「她找到了天職，正全心投入其中。這麼充實的人生，我覺得非常美好。」

「紫鶴就這樣到了二十後半，已經是可以充分意識到結婚的年齡了。」

「結婚時機應該是自由的。最重要的是，結婚以後也未必就會得到幸福。」

「正因為如此，才必須選擇可靠的對象。」

這場議論是平行線。

企圖統一幸福的定義，一場沒有答案的問答。

我也知道我是高中生，對方並不把我當一回事。

縱然如此，只要神崎老師還不想結婚，我會站在她這一邊，代替她全力堅持意見。

「親與子是不同的存在啊。」

「結婚對象不是馬上就能找到的，現在開始行動都還算太晚了。」

「可是，那是將父母的價值觀強加給小孩。」

「那麼，你能負起責任給我女兒幸福嗎？」

「這個……」

「你做不到吧。因為你還是個小孩子。你也有正在交往的情人吧。如果你有真心的覺悟，那我當然會要求你跟那女孩分手。」

當她將現實擺在眼前，我什麼話也無法反擊。

「──既然沒辦法負起責任，你終究是外人。」

紫鶴小姐的母親駁倒了我。

「無論你多麼關心或支持我女兒，現在的你在關鍵時刻都無能為力。而我們作為紫鶴的父母，對於長大成人的女兒負有責任。我們希望她以後也過著打從心底感到幸福的生活。」

他們並非不由分說地催促她結婚。

他們純粹是擔心自己孩子的未來，不能不照顧她。

我的母親會關心我有沒有用功準備考試——他們的行為，在感情上只是這類關心的延伸吧。

這對父母絕非企圖把僵硬拘謹的價值觀強加給神崎老師。

經過直接交談，我清楚地了解到這一點。

同時，也了解他們生下並養育紫鶴小姐長大成人，要推翻親子之間澈底僵固的權力關係並非易事。

身為女兒的神崎老師，到現在都還沒對雙親說過任何話。

「我打算看看妳不惜帶假情人過來也要說服我們的覺悟，但結果不是只有他在說話嗎？」

她母親彷彿很失望地嘆了口氣。

神崎老師垂下頭保持沉默，沒有動作。

——有時候因為深愛，才會不順利。

因為太過在意對方，變得無法採取適合的態度。

這種情況在戀愛以外也隨處可見。

可是，不同於戀愛，與家人無法輕易保持距離。

即使是家人，也未必任何事都可以爭論。也有明明是家人，卻不能說的事。

「好了，我也沒有對別人家孩子說教的興趣。雖然可惜，你今天就回去吧。紫鶴，相親的事情我之後會聯繫妳。」

「請等一下！」

我挽留神崎老師的雙親。

「……瀨名同學，已經夠了。」

「如果在這裡放棄了，我會後悔一輩子！」

「你已經一個人足夠盡力了。」

「——既然我一個人不夠，那就借助大家的力量。」

我拿出手機，說了聲「請容我打一通電話！」呼叫對方，送出信號。

「出場的時候到了。馬上過來吧。」

『我們已經到了。』

包廂的門隨著回應同時打開。

門外出現的是瀨名會的大家。

「打擾了！」宛如社團裡卯足幹勁的問候，就像用大聲威嚇一般，身高一百九十公分，身材高大的七村走了進來。小宮與紗夕也跟著進門。

『因為希墨同學很晚才呼叫我們，我還以為沒有出場機會了。』

一手拿著手機的朝姬同學在最後進來。

我和小宮四目交會。

她用眼神告訴我沒問題。那麼，那邊就交給她了。

只有夜華在另一個地方，準備做另一個了結。

幕間三

我們──瀨名會也在與神崎老師的雙親見面的飯店集合。
墨墨用LINE事先通知了我們餐廳的地點。
大家會在最初的計畫進展不順利時作為援軍趕過去，這就是墨墨所說的保險。
基於朝姬的提案，所有人都簡單明瞭地穿著制服。
而正如墨墨所料，夜夜的姊姊戴著墨鏡，獨自悠然地坐在餐廳樓層的沙發上等候。
「嗨，各位，又見面了。」注意到我們，她親切的開口。
「哎呀，妳選擇了那一方啊。」
夜夜的姊姊轉向朝姬，一臉可惜地說。
「我思考過，妳為什麼會計畫這種當然會失敗的作戰。說到在失敗時誰是最不吃虧的人，那就是有坂同學的姊姊吧。」
「好過分。我明明只是真心擔心紫鶴而已。」
「那麼，妳為什麼在學生餐廳遷怒於我？」
夜夜的姊姊在此時臉色一變。

「妳不是巧妙的誘導我和有坂同學吵架，避免了對希墨同學的批判嗎？還真是保護過度呢。」

「妳是指什麼？」

「畢竟是我把他拖下水的——」

「姊姊，妳給了希墨特別待遇對吧？」

介入對話的人是夜夜。

「哎呀，這是昨天的敵人就是今天的朋友嗎？」

「姊姊，別企圖蒙混過去。我是認真在問妳。」

夜夜神情嚴肅地站在她姊姊面前。

「晚點再談。難得紫鶴正在努力，不要妨礙她。我不許你們闖入～」

她姊姊站起來比出大大的×手勢，阻擋我們。

「希墨同學他說過，單靠他自己，代理男友計畫會失敗。」

朝姬也並肩站到夜夜身旁。

「他還是沒變，對自己的評價很低。明明可以更有自信一點的。」

「我有同感。不過，我認為那種謙虛之處是希墨同學的魅力所在。」

「……當著小夜面前，妳還真敢講。」

夜夜的姊姊像在揣測般地看著我們。

「妳才是，有自信的人真厲害~妳打算在希墨同學與老師被逼到絕境時，自己準備萬全地登場，最後強行解決一切不是嗎？妳知道甜頭在哪裡對吧。」

朝姬露出開朗的笑容挑釁。

「————」

姊姊微微放低太陽眼鏡，拋來不快的視線。

「支倉同學。裡面交給妳了，先過去吧。」

夜夜開口。

「妳真的要把有甜頭的場面讓給我啊。」

「妳是班長吧？搭檔正在挺身而出為了班導師努力，別管這麼多了，妳也去幫忙。」

夜夜將事情託付給朝姬。

那是勝過任何挑釁與信任的沉重接力棒。

「——就算希墨同學變心了，妳也別抱怨喔。」

「那是不可能的。」夜夜嗤之以鼻。

朝姬帶頭走向餐廳。

「怎麼了，小夜，說話這麼勇猛。」

「姊姊，我想和妳單獨談談。接下來陪我來場姊妹吵架吧。」

「…………看來這邊更有趣呢。」

夜夜的姊姊乾脆地退後一步讓出路。

「那麼，去輔助瀨名吧。」

「對啊。夜學姊，這邊的情況妳不用在意！」

七村與紗夕也跟了上去。

「日向花也去吧。我沒問題的。」

「夜夜……」

我又像班際球賽的時候一樣，受到墨墨暗中請託。

他擔心夜夜與她姊姊談話時，會被對手壓倒。

不過，那是我與墨墨的杞人憂天。

現在的有坂夜華應付得了。

「加油！」

我向她的背影喊道，也跟上大家。

第十二話　反過來憧憬

「你們為什麼……」

穿著制服的學生們驚喜登場，讓神崎老師真的大吃一驚。

當然，她的雙親也有同樣的反應。

「因為希墨同學告訴我們這是關於老師的重要大事，緊急召集了我們。」

朝姬同學理所當然地回答道。

「兩位是老師的父母嗎？我是與希墨同學一起擔任班長的支倉朝姬。初次見面，今天我們是一起過來說服兩位，不要讓老師辭職的。」

朝姬同學毫不畏懼充滿壓迫感的老師雙親，乾脆俐落地說明。那耀眼的笑容給人的好印象與溫和的態度，使對手的戒心驟然降低。

「其實我們想全班同學一起過來打擾，但那樣實在會給兩位添麻煩，因此挑選了平常便受到老師關照的成員過來。」

朝姬同學口若懸河地主張大家在場的必要性。

真不愧是搭檔，我送上由衷的稱讚。

在代理男友這個奇招失敗時，我準備的是單純又古典的手段。

那就是切換為以突襲與人海戰術來進行的直接說服。

只要看看瀨名會多樣化的成員，神崎老師廣受學生們喜愛是一目了然的。

從我這個平凡男生到像朝姬同學一樣耀眼的優等生、像小宮這種的個性派、充滿活力的紗夕、超級運動派的七村。

身材高大的七村散發的存在感，為絕不算狹窄的包廂帶來物理上的壓力。

「這就是瀨名同學能做到的事嗎？」

「難得有機會，我想把幫助老師的榮譽與大家分享。」

「大家在考試前的假日都在做些什麼啊，真是的。」

老師泫然欲泣。

「而且……連幸波同學都來了。」

她對唯一學年不同的紗夕在現場感到困惑。

「我上次給老師添了麻煩。那個，雖然不算賠罪，因為希學長請求我無論如何都要幫忙，我就一起來了！」

紗夕僵硬的態度，在看到虛弱無力的神崎老師後立刻恢復為平常的高亢。還有，不要覺得難為情就拿我當幌子。

「我呢，只會打籃球，純粹是還神崎老師與在那邊的希墨去年幫助我的人情債。啊，就算希墨不行，由我來扮演情人的話怎麼樣？」

你在堂堂自我推銷什麼啊，我不禁佩服七村的膽量。

總覺得光是這個傢伙到場，就抑制了那位令人生畏的父親的存在感。

「七七～在你說出扮演情人的時候，說服力就等於零了～都暴露出你的隨便了。」

「宮內，別誤會。我面對女性隨時都是超級認真喔。」

「我看你是跟沉迷女色搞錯了吧？」

「真嚴格。」

身材高大的七村，以親近隨意的態度對待最嬌小的小宮。

小宮有一頭耀眼的金色短髮，滴溜溜的圓眼睛與娃娃臉，讓她給人一種小動物般的可愛印象。她耳上戴著耳環，肌膚白皙。因為對日照敏感，即使在夏天也穿著薄長袖，Oversize的衣服多出一截袖子。

「我覺得神崎老師帶的班級很快樂。從以前開始，我就因為明明是小不點卻照自己喜歡的方式打扮而遇到不愉快，本來就不太喜歡學校。但現在我就算展現我的風格，也沒有任何人欺負過我。我認為那是因為有神崎老師在密切關注。多虧這樣的老師選出的兩個人盡職地擔任班長，我們班沒有霸凌問題。這令我非常自豪。」

我們點頭認同小宮毫無保留的話語。

「我很尊敬神崎老師。我參加由老師擔任顧問的茶道社，在課業之外也向她學到了很多東西。因為有老師準確的指導，我才能立志要更上一層樓。所以，如果她辭職了，我會非常為難。我會非常寂寞。我非常不願意這樣。非常、難受……」

朝姬同學訴說殷切的心情。

大家都分別在不為人知的地方受到了神崎老師的幫助。

最後輪到你了喔。瀨名會的目光聚集過來，彷彿在這麼說。

「呃～正如您方才指出的，我有情人。我之所以到現在都能和她交往，都是多虧了神崎老師與在這裡的大家。我並非什麼了不起的人，但有一群會為了班導師的危機趕來的朋友，讓我有點自豪。他們真的給我很大的幫助。這一切都是拜神崎老師每天溫暖又嚴格的指導所賜。」

在這個前提上，我進一步補充。

「……我認為老師結婚以後也會成為好太太。她是美人，做菜也很好吃，能與她結婚的人超級幸運又幸福。她同樣的也是一位好老師。受到老師教導畢業的學生，應該會成長為優秀的大人，同樣地使某個人得到幸福。多虧神崎紫鶴擔任老師，未來將有更多人得到幸福。這個人正在做這樣了不起的工作。」

我看向神崎老師。

「瀨名，從一開始就這麼說不就行了嗎？」

我把最後七村發出的感想當成耳邊風。

「如果沒有大家在，我是說不出來的。沒錯吧，老師。」

我們都抱著同樣的心意。

我想比起雙親，這一點更深深地傳達給老師本人了。

老師從椅子上站起來。

「父親母親，我不會辭去教職。我有一群信任我的重要學生。我能夠幫助他們成長，再也沒有其他工作比這個更有成就感了。所以，現在請你們相信我，等待我！總有一天，我一定會帶好對象回家。在那之前，請再多給我一點時間。我能說的只有這些！」

就像打破自己的外殼般，神崎老師豁出去般大聲宣言。

一陣短暫的沉默。

「……紫鶴，妳很優秀地在努力啊。」

她相貌凶惡的父親悄然低語，流下眼淚。

「老公，這可是在紫鶴的學生們面前。」

她母親立刻提醒，將手帕遞過去。

「大喊大叫，不成體統。」

相對的，她母親唾棄似地斷言。

即使老師像那樣竭盡全力傳達，她仍面不改色。

果然無法打動這個人嗎？

「紫鶴。」

「不管對我說什麼，我都要拒絕相親！」

神崎老師按捺著幾乎要氣餒的心情，繼續發聲。

「——隨妳的意思去做吧。」

「咦？」

「在父母不知道的地方，妳做得很好呢。」

「那麼，可以嗎？」

「既然說得這麼毅然決然，就算妳之後哭著求我，我也不管妳了。」

「是、是！」

「妳以後也要繼續精進，不要辜負學生們的信賴。老公也是，你要哭多久！回去了！」

老師的母親催促著父親站起來。

「那麼，各位，以後也請多多關照紫鶴。」

她在離去時打招呼的動作之優美，讓我清楚明白神崎老師的舉止是學自母親。

當門關上，確認兩人的氣息漸漸遠去後，我們所有人同時吐出一口氣。

室內緊繃的氣氛一下子鬆弛下來。

「沒想到居然真的成功了……」

特別是神崎老師，宛如魂不附體般地再度癱坐進椅子裡。

「老師，問題解決了！太好了！成功避免了相親！」

「是的。這多虧了瀨名同學。也謝謝大家。」

老師重新表達感謝。

我就像已完成使命般地鬆開了領帶。

「小宮，夜華人呢？」

「在她姊姊那邊。我想她們現在一定正在單獨談話。」

我立刻用手機打給夜華，但她沒有接聽。

「宮內同學。有坂同學也來這裡了嗎？」

「是的。夜夜直到不久前都跟我們在一起。其實她應該會過來，但她好像有重要的事要和姊姊談。」

「這樣嗎，那孩子她……」

神崎老師神情嚴肅地呢喃。

「那我們分頭在飯店裡尋找夜學姊吧！」

大家當然同意了紗夕的提議。

「那麼，我也——」

「老師，這邊由我們設法處理，請去送父母離開吧。」

「咦？」

「我覺得他們當著我們面前，也有些話說不出口。這是個好機會。」

「……作為教師，讓你們看見了難堪的場面。不過，你們給了我很大的鼓勵。能夠教導你們，是我該感到光榮。」

「他們會在妳道謝途中回家的。老師，請快點過去吧。」

我們察覺到這可能會變成長篇大論，先送老師出發。

◇◇◇

紫鶴在飯店大廳找到了雙親。

「父親！母親！」

聽到紫鶴的聲音，兩人停下腳步。

「不可以穿著和服跑步。」

「那個，剛才，這個……」

「那些學生們相當可靠呢。特別是瀨名同學，面對我們家爸爸也能毫不畏縮地發言，這孩子很有膽量。我有點中意。」

「第、第一次聽到母親說這種話呢。」

母親太過意外的反應讓紫鶴感到困惑。

「獨生女一直沒有交到情人的跡象，我自然會擔心，想做相親準備。我們希望妳總有一天讓我們抱抱孫子。才這麼想著，妳卻突然帶男朋友回來，也稍微考慮一下我們的心情呀。更何況還是對自己的學生出手。」

「我沒有出手！他只是陪我演戲而已！」

「我當然是開玩笑的。」

「母親平常不是不會開玩笑嗎？」

明明抱著挨罵的覺悟過來，紫鶴對於興高采烈的母親難掩困惑之色。

「紫鶴，我們有自覺對妳很嚴格。就算如此，當可愛的女兒可能會忽然嫁給某個人這件事突然增加了真實感，身為雙親自然會焦慮。妳爸爸可是一直睡眠不足呢。」

「有種像去學校參觀上課一樣的緊張感啊。妳媽媽也是，最近做菜調味都抓不太準。」

「老公，你不是每次都告訴我很好吃嗎！」

「對、對不起。因為妳變得相當神經質，我沒辦法老實坦白……」

父親像挨罵的小孩一樣縮成一團。

「即使是父親和母親，也有這樣的一面呢。」

「咳咳。總之，就算今天的對象不是紫鶴真正的情人，我還是很在意紫鶴第一次帶回來的人會是什麼樣的人，這是事實。多虧如此，我稍微放心了一點。」

「就是說呀。」

雙親感慨地互相頷首。

「即使我明明說謊了嗎……？」

對至今從未對父母說過謊的紫鶴來說，這次找代理男友是破釜沉舟般的行動。

「因為我本來以為妳是工作狂，但妳確實有找對象的眼光。」

「這是什麼意思？」

「真是無言。紫鶴，妳明明沒有自覺，卻帶了瀨名同學過來嗎？」

「自覺？母親，請明白地告訴我。」

紫鶴完全不得要領。平常會立刻說出結論的母親，少見地吊人胃口。

「紫鶴，妳個人很中意他。我身為女人的直覺這樣告訴我。」

母親愉快地斷言，紫鶴變得呼吸不暢。

「咦！是這樣嗎？紫鶴偏好年紀小的？」

至於父親只是因為希墨不是真正的情人而感到安心，並未察覺那麼多。

「老公，別驚慌失措。你自己明明也比我年輕得多。」

「說什麼呢。老婆妳不管以前或現在，不是一直都那麼美麗嗎？」

她的雙親從以前開始一直都這樣鶼鰈情深。

「……我之所以不擅長談戀愛，一方面也是你們的關係。」

紫鶴本來就對戀愛不太感興趣。她成長在由絕對優勢地位的母親與對她痴情的父親所組成，權力關係明確的家庭裡。

「說什麼傻話。我只是比紫鶴來得好強，妳的性格本身不就跟從前的我一模一樣嗎？反倒我們對男人的喜好都一樣。」

「這個，具體來說是怎麼……」

側眼看看贊同的父親，紫鶴等待著母親回答。

「就算吃過苦頭也不會放棄，不諂媚討好，但為了他人會奮不顧身的人。」

那些特徵的確與瀨名希墨的態度及行動十分吻合。

有耐心地持續做必要的溝通，嚴守師生的界線，又不時用隨意的態度提出抗議。容易交流，也容易請他協助。而且，他會確實做好交派給他的工作，因此她信任他。

對了，當他來到茶室時，自己經常會特意沏茶。

除了茶道社的社團活動以外，她很少像這樣為學生多費工夫。

「他、他是我的學生啊！而且我們還相差九歲！這不可能！」

紫鶴否定的聲音變了調。

「妳會在意年齡差距？妳爸爸可是比我小一輪。這個在我們家明明不是問題。」

沒錯，紫鶴的母親是外表遠比實際年齡年輕那種類型的女性。當雙親站在一起時，在粗獷的外表與魄力襯托之下，反倒是父親看來比較年長。

「母親先前不是澈底把他當成小孩子看待嗎！」

「在紫鶴妳面前，突然歡迎瀨名同學也不妥吧。因為他還是小孩子，我可不能輕輕鬆鬆就同意。」

父親也在旁邊深表同意。

「他有情人了！」

「他還是高中生吧。又不是要跟學生時代的女朋友結婚，如果是從畢業後開始，我也無意說三道四。」

為女兒的戀愛跡象感到興奮的母親前所未有地起勁。

「——即使是從始於謊言的真實開始，也能得到幸福。若是那樣，我非常歡迎。只是，妳要盡可能動作快喔。」

母親對著在一旁焦慮不安的父親大喝一聲後，她的雙親便離開了。

被獨自留在大廳的紫鶴有好一會兒都動彈不得。

「等到他不再是學生以後……咦！咦咦？」

紫鶴拚命說服自己，臉頰會格外發燙，是因為在夏天穿著和服的緣故。

不過在開著冷氣的飯店大廳，這是個相當牽強的藉口。

◇◇◇

愈吵感情愈好根本是騙人的。

戰爭不會從世界上消失，就是證據吧。

只有溝通能力好，可以和對方進行良好溝通的人，在本來就感情不錯，即使言語尖銳也彼此不會介意的關係中，才說得出這種戲言。

反過來是不可能的。

不是被單方面的意見壓倒，只得忍受或陷入沉默，不然就是從一開始就保持距離，以免發生衝突。

溝通能力差的人開口很容易說錯話，內容也缺乏組織。如果不小心說出了不適當的話，就會尷尬冷場。在最糟糕的情況下，還會挨罵與遭人厭惡。最嚴重的是，每次都會反覆對沒辦法好好說話的自己感到失望與受傷。

沉默不語是降低風險的好方法。

至少對有坂夜華這個女子來說很有效。

將他人推開可以避免多餘的壓力，而且她本來就不擅長與人一起喧鬧。

即使如此，人生嚴峻又殘酷，不發言的人容易被當作不存在。

懂得體諒的人是少數，其中懂得施予的人就更少了。

大多數人對他人感覺遲鈍，在許多情況下，愈不在乎他人以自我為中心的人，聲量就愈大。

所以她討厭名為教室的狹窄世界。

將一群不成熟的人類一整天關在狹窄的空間裡。強迫全體採取相同的行動，同時對於各別組成的好朋友家家酒，則通通放手不管。

稱之為團體生活的訓練說來好聽，但有多少意義及效果則是個疑問。

對於心思細膩的人來說，建立圓滿人際關係的難度太高了。

從以前開始，就對他人的話很敏感又容易害羞的少女，對別人突然拋來的話語不知該如何做出反應才好。

因此，幼小的夜華打從心底憧憬姊姊。

因為只要表現得和姊姊一樣，至少可以預測對方的反應。

只要沒發生意外情況，就能用事先準備好的答案跨越難關。

那對夜華來說是革命性的大發現。

像姊姊一樣行動宛如數學公式，在所有方面都有效又能派上用場。

為了引出同樣的誇讚話語，她採取與開朗積極的姊姊同樣的行動和態度。

周遭的大人誰也沒發現，夜華的手段和目的顛倒了。

夜華覺得模仿最喜歡的姊姊這件事本身很愉快，而且始終有姊姊作為自己堅定不移的目標，使她不必迷惘。

模仿姊姊這個只有夜華才能重現的處世之道，到了她成為國中生時，也漸漸不再萬能。

首先，夜華自我意識的成長使得分歧開始產生，無論她多麼巧妙地扮演姊姊仍感到痛苦的程度開始增強。

同學們的反應也變得特別伴隨著戀愛感情，例外的場面急驟增加。對於不擅長即興發揮的夜華來說，甚至連他人強烈的好感都只是種噪音。而當她應對出錯時，男生就會突然改變態度，不知為何連周圍女生們的態度都變得冷淡，她還曾被不認識的別班女生單方面地尖刻批判。

還有，被認識姊姊的人指出不同之處的機會也增加了。

對他們來說是沒有惡意的比較，但夜華聽起來卻覺得像在說自己不如她。

哪怕夜華也自覺到模仿姊姊的極限，卻找不到其他方法。

由於手段和目的顛倒了，即使受到誇讚，也不會使她對自己產生自信。

姊姊依然光芒四射，不管經過多久都無法填補差距。

焦慮的夜華拚命向姊姊尋求建議。

就算發現妹妹異狀的亞里亞嘗試說服她，但夜華無法放開唯一的武器。

最後，憧憬的姊姊有了情人——這個無從模仿的情況，讓夜華在雙重意義上覺得一切都無所謂了。

最喜歡的姊姊被他人搶走的震驚。

積壓已久的壓力造成的反作用力，讓她喪失了好好經營自身學校生活的精力。她拒絕一切與他人的連結，自行抵達了孤獨的安息。

不知是幸或不幸，夜華伴隨自身意志做出的一貫行動，第一次靠自力保護了自己。

——雖然如此，去掉與他人之間的溝通就無法完結，是人生的不合理。

她連想都沒想過，會在不久後遇見瀨名希墨這個不會令人不快的他人，甚至墜入愛河，反倒主動希望與他有所連結。

以希墨為契機，能夠談天的朋友也變多了。

夜華發現，活得像自己，反倒能比以前更輕鬆地與他人交談。

而現在，她要在真正的意義上面對最喜歡的姊姊。

她一直僅僅只是仰望的理想、過高的目標、絕對無法超越的家人。

面對這樣的對手，夜華緊張得膝蓋打顫。

其實她很想馬上逃走。

「小夜妳不去阿希那邊沒關係嗎？」

走在前面的姊姊，帶著平常那種游刃有餘的氣息，輕鬆地向她攀談。

夜華和亞里亞來到了這家飯店著名的日本庭園裡。

讓人聯想到鬱蒼森林的樹木環繞周邊，明明在東京的中心，喧囂卻很遙遠。茂密綠葉形成的遮蔭，讓這裡感覺很涼爽，正好適合在戶外說話。

「那邊有希墨還有大家在，我並不擔心。」

「小夜居然會依靠朋友，妳真的改變了。因為妳討厭紫鶴，我以為妳不會到這裡來。」

「我會討厭她，原因是姊姊以前撒了奇怪的謊。」

亞里亞只說明了情人是神崎老師，事情百分百是她的錯。

她到現在都還記得，當表明是自己班導師的女性自稱姓神崎時，她所感受到的動搖和混亂。

那一瞬間，夜華認識到了以時間差背叛了兩次的姊姊的壞心眼。

「因為小夜明明心思細膩，主見卻很堅定，性格頑固，不肯好好聽我的話吧。我只是靈機一動想到罷了，沒想到這件事會持續影響那麼久。真的給小夜和紫鶴都添了麻煩呢。」

亞里亞在附近的長椅上坐下來，摘掉太陽眼鏡。

「那麼，妳剛剛說的姊妹吵架是什麼？好鄭重其事的講法。」

「我們必須更早談談的。」

「好認真～明明是吵架還特地宣言，這也是阿希的影響嗎？」

「為什麼會提到希墨？」

「平息在外過夜的傳聞後，紫鶴可是狠狠抱怨過呢。」

「…………」

「那時我驚訝地想，小夜的男朋友做事還真大膽啊，但得知他是阿希後，我可以理解了。他的亂來與異想天開的行動，大概是從我身上學到的吧。」

亞里亞這麼訴說時，表情顯得有些高興。

總是謙虛地認為自己很平凡的希墨不時展現的大膽，應該是姊姊的影響吧。

「拜此所賜，連我也被耍得團團轉。」

「就算如此，妳還是喜歡他吧？」

「那是當然。因為我是希墨的情人。」

「能看到小夜這樣堂堂正正，我放心了。要感謝阿希呢。」

姊姊絲毫沒有動搖，誇獎了夜華。

她保持笑咪咪的表情，悠然地聽妹妹說話。

「我以前從沒有和姊姊吵架這種念頭，姊姊是我的理想、我的憧憬、我的目標，我曾以為一輩子都贏不了妳。」

這對感情親密的姊妹沒有優劣之分，但有角色分工的上下關係。

姊姊引導，妹妹跟隨。她們的關係有著堅定不移的愛與信賴，因此也不會起衝突。

「……那種說法，聽起來就像妳接下來要贏過我呢。」

「沒錯。」

「喔～有意思。要用什麼決定勝負？啊，我不喜歡女生打架，感覺會很疼。」

「不用顧慮也沒關係。姊姊說出想說的話吧。」

「可是我沒什麼特別想說的。」

「真的嗎？」

「妳在懷疑什麼？」

夜華終於坐到姊姊身旁。

「因為姊姊是真的在意希墨吧。」

夜華沒有錯過姊姊微微倒抽一口氣的反應。

「妳說的話還真有趣。我的確喜歡阿希。不過，我只是從人的角度中意他而已。我實在不會對高中生出手，更何況，他不是小夜的情人嗎？」

亞里亞始終當成玩笑話，並不理會。

「我一直在思考，我為何很在意姊姊與希墨接近的距離感。因為一開始，我還為了希墨接近姊姊而嫉妒過。」

夜華之前以為，自己只是不滿兩人太過接近的距離感。

「嗯？怎麼回事？阿希失禮地把我當成什麼大魔王對待，小夜不是還為此生氣了嗎？

啊，妳是不滿意那種隨意的態度嗎？就算是姊姊，看到情人與別的女人親近的確很討厭呢。

小夜，對不起喔。」

彷彿在說是自己的錯，亞里亞乾脆地道歉。

「……這個反應果然太過普通了。」

夜華確信。

「咦？」

「姊姊不可能會做出這種反應。妳為什麼正常地道歉？」

夜華像在觀察反應般地看著亞里亞的臉龐。

她的目光並非懷疑，而是斷定。

不是的，亞里亞張嘴說到一半就停住了。

亞里亞並未看向夜華就在旁邊的臉龐。她沒辦法直視夜華，她忽然之間不知道該如何面對她。

「我在潛意識裡察覺了，姊姊洩漏了真實意圖。同時我並不確定，只先提醒了容易開口的希墨。其實是相反的。既然弄錯了開口的對象，狀況自然不會改變。」

「這次是因為有紫鶴相親的事情，才會碰巧見面。而且我大約兩年沒見過阿希了喔？」

「只要像這樣有藉口，就能光明正大地見面了呢。」

「小夜，妳想太多了。」

「我之前也這麼認為。因為，我知道姊姊很喜歡我。姊姊絕不會做出我討厭的事。」

「那是當然！」

亞里亞強而有力地同意。

那份心情並非虛假。夜華也明白那一點。

正因為如此才是致命的。

「嗯。我也是，我現在也一直最喜歡姊姊。所以我擅自從腦海中排除了那個可能性。因為妳是我的親生姊姊。」

強烈的好感有時會扭曲現實的認知。

更何況夜華一直以來，都對完美又理想的姊姊抱著超出一般程度的愛與尊敬與信賴。

她認為總是很溫柔的姊姊，不可能背叛自己。

「就連我模仿姊姊的時候，不管再怎麼擔心我，姊姊都不會怒罵我或強行阻止我。因為妳最喜歡我了。可是——這次不一樣。」

她不知道跟姊姊吵架的正確方式。

不過，她唯獨很擅長模仿姊姊。

仔細觀察對方，不錯過些微的提示，掌握其真實想法，建構整體畫面。然後只要說出直指核心的一句話，就能動搖人的心情。

「姊姊一直在做我討厭的事，妳試圖接近希墨。平常妳明明絕對會罷手的。」

「——」

「妳來學校的時候也是，姊姊之所以擅自暴露紗夕與支倉同學的內心想法，是因為妳自己嫉妒能夠靠近希墨的其他女生。因此，妳才企圖破壞瀨名會。」

「無論如何，那個團體都不會順利的。因為被拒絕的女生們，得一直看著小夜與阿希在眼前卿卿我我。」

「我告訴大家，要他們隨自己高興去做。我不會強制他們，如果不願意的話，不參加就行了。但是，我不希望姊姊干涉我們。」

夜華加重語氣。

「我知道，一旦喜歡上某個人，是連自己也阻止不了的。」

亞里亞終於看向夜華。

姊妹倆坐在同一張長椅上，以同樣的視角高度交談。

「我喜歡上希墨，得到他的告白，讓我很高興。自從兩情相悅後，我第一次覺得每天都很快樂。我覺得如果可以見到希墨，學校也沒那麼糟糕。我跟瀨名會的朋友們也能夠輕鬆地交談。」

「小夜……」

「對不起，害妳難過了。先遇見他的人明明是姊姊。可是，他選擇的人是我。是最喜歡姊姊的妹妹，有坂夜華。不是亞里亞。」

她是第一次像這樣直呼自己姊姊的名字。

亞里亞也一樣左右為難。

或許她也曾懷抱同樣的苦惱。

如果可以，她不想對最喜歡的姊姊說這樣的話。

可是，如果現在不說，未來情況或許會變得更糟糕。

夜華拚命忍耐著想哭泣的衝動，宣洩所有想法。

「我不想對姊姊幻滅！不想討厭姊姊！我想一輩子都跟妳當感情親密的姊妹。所以，只有姊姊絕對不能變成我的情敵！」

夜華感到切膚之痛。

不管有什麼樣的女孩喜歡上他，只要去戰鬥就行了。只要在最後贏得勝利，然後忘掉就行了。

可是，唯獨亞里亞不行。

如果認真起來，雙方都會抱著無法消失的傷痕度過剩下的人生。

她將不得不一輩子怨恨比誰都更喜歡的姊姊。

接下來她只能祈禱。

——求求妳，別試圖與我交戰。

「別喜歡上我喜歡的人。」

夜華已經哭了。

光是去想像就讓她恐懼不已，淚水流個不停。

「──我不要姊姊和希墨兩個人一起消失不見。」

這對夜華而言是最糟糕的未來。

兩個重要的人同時離開自己，是夜華無法想像的。

她不想失去最愛的姊姊與情人。

「我一定是看到小夜妳找到最喜歡的人，也覺得有點憧憬吧。」

「咦？」

「不過，害最重要的妹妹哭泣，對不起，我是個壞姊姊。」

夜華被亞里亞緊緊抱住。

「無論如何，只有希墨……」

「放心。我一直都是小夜的姊姊。」

「姊姊。」

「我也最喜歡妳喔。所以別哭了。」

被姊姊的溫暖包圍，夜華回想起從前的感覺。

當雙親不在日本時，她一直向姊姊撒嬌。寂寞的時候、悲傷的時候，難受的時候，姊姊總會溫柔地緊緊抱住她。

光是這樣她就會平靜下來。就能止住眼淚，感到安心。

「我從出生起就認識妳嘍，我怎麼可能背叛小夜。」

「好久沒有被姊姊擁抱了。」

「妳平常明明都向他撒嬌的。」

「擁抱令人安心，是姊姊教我的啊。」

「……小夜長大了呢～」

亞里亞在真正的意義上切實感受到，妹妹已不再是幼小的少女了。

第十三話　接吻

「紫鶴，看來妳成功迴避了相親呢。」
「亞里亞跟妳妹妹充分談過了嗎？」
紫鶴叫即將期末考的高中生們馬上回去用功。
結束了一切的亞里亞和紫鶴，兩人單獨在飯店休息室的咖啡廳裡。
「我人生的第一次姊妹吵架，幾乎是不戰而敗。」
「明明輸了，妳看起來卻很高興。」
「小夜從小就心思細膩，卻有著太鑽牛角尖的一面。她一旦認定之後就很頑固，是與我在不同意義上不均衡的孩子。不過，現在她好像也交到能給她建議的朋友，我也放心了。」
「那他的事呢？」
「不說也罷。」
兩人點的蛋糕套餐端上了桌。兩人都是巧克力蛋糕，在亞里亞面前的飲料是冰咖啡，紫鶴面前放著紅茶。
「不用加果糖嗎？亞里亞喜歡甜一點的口味吧。」

「啊～嗯。不過冰咖啡不加糖，我也喝得下去。」

亞里亞含住細細的吸管。

「……原來是這樣啊。」

「紫鶴才是，不喝綠茶沒關係嗎？」

「要配蛋糕的話我會選紅茶。而且綠茶在學校喝就夠了。」

「吶，妳知道嗎？紅茶與綠茶只是發酵程度不同，是同樣的茶葉喔。」

我知道，紫鶴這麼回答。她將叉子送到口邊的速度比平常來得快。

「妳好像餓了呢。」

「我從早上就穿上和服，幾乎沒吃東西。因為本來就很緊張，中午也食不下嚥。比起這個，妳竟然背叛了我們。」

「我拜託過伯母他們不要透露的……」

「真是的。那麼，直到哪一步為止是妳的計畫呢？」

紫鶴責怪地看著以前的學生。

「我拜訪紫鶴的老家，是為了慎重起見去偵察敵方動向，看看實際情況。然後，我順便先報告了代理男友的事情。他們臉色大變地大吃一驚，真有趣。」

亞里亞回味無窮地回憶，笑了起來。

「居然任意擺布我的雙親，妳膽子還真大。」

「用心養育的獨生女突然對學生出手，還把他以男朋友的身分帶回家。當我一告訴他們，那位嚴格的伯母發出了近乎慘叫的叫聲喔。」

「我才沒有出手！不過，我有點想看母親那樣的反應呢。」

紫鶴也終於卸下肩頭重擔，放緩了表情。

「我想事先告訴他們這當然是演戲，妳就是如此不願相親。如果阿希是高中生的事情在正式會面時突然露餡，伯母不知道會大發雷霆地做出什麼事來。」

「這個，嗯。」

「紫鶴妳太膽小啦。伯母雖然很強勢，但只是過度保護女兒而已，要是妳真心不願意，她不會勉強妳。紫鶴妳也好好地當上老師了啊。實際上她好像是拿相親當藉口，心裡是想要見見妳的。」

「如果能把這方面的真實想法表達得更簡單易懂一點，我也不必緊張了。」

「我個人是希望這件事能為你們親子之間排解壓力。如果作為支援者安排在妳身邊的阿希能說服他們那也很好，我也期待被逼入絕境的紫鶴發奮努力。在最糟的情況下，我進場收拾局面就沒問題了。」

「那麼支倉同學他們過來……」

「嗯。那不是我的安排，是阿希他們的驚喜。紫鶴還是老樣子，深受學生們愛戴呀。」

真了不起，亞里亞悠哉地拍手稱讚。

「讓他們做到這個份上，如果事情不順利的話，妳打算怎麼辦！我差點就再也無顏作為班導師面對他們了。」

「這也沒辦法嘛。我出乎意料地被小夜絆住了。」

亞里亞理直氣壯地聳聳肩，攤開雙手。

「……妳們那邊也好好聊過了嗎？」

「嗯。託妳的福。」

亞里亞神輕氣爽地報告。

「那就好。」

「我什麼也沒做喔。小夜是靠自己的力量跨越了我。還有就是多虧了阿希他們在身邊支援吧。」

對於與妹妹的隔閡及各種憂慮都消除了，亞里亞現在心情也非常好。

「對了，亞里亞。我有一件事想問妳，妳為什麼用阿希這個綽號稱呼瀨名同學呢？」

亞里亞突然陷入沉默。

「非說不可嗎？」

「因為這是個好機會。」

紫鶴等著難得臉泛紅暈的昔日學生回答。

「一開始，我普通地隨口叫他希墨。不過從半途開始，我發現希墨這個名字用英語來說聽起來不是像Kiss Me嗎？一旦覺得在意之後，每次喊他的名字，就像在說『親吻我』一樣，很難為情吧。」（註：希墨的日文發音為きすみ，羅馬拼音為kisumi。）

「好純情的理由啊。而且還感覺得到半吊子的留戀。」

紫鶴面無表情地冷淡點評。

「只有紫鶴沒資格說我！」

「妳像這樣鬧脾氣大叫的時候，跟妳妹妹一模一樣。」

在畢業後的現在，兩人跨越師生的分界，成為了好友。

◇◇◇

期末考最後一天。在放學的導師時間結束前，神崎老師找我們過去。

「瀨名同學、有坂同學。我之後有話對你們說。」

今天夜華也難得老實地跟了過來。

「前幾天，很抱歉因為我的私事麻煩了你們。還有，謝謝你們。」

在茶道社的茶室裡，神崎老師在相隔許久後泡茶招待我們。

「能圓滿解決就好。」

我享受著苦澀的抹茶，一方面加上考試也考完了，我鬆了口氣。

「別悠哉的放鬆啊。都由我來教功課了，如果期末考成績不好，我可饒不了你。」

夜華用嚴厲的聲音訓斥道。

把時間與精神力耗費在代理男友方面的我，如果直接迎向期末考，不擅長的科目很可能會考不及格。

在看不下去的夜華提案之下，瀨名會舉辦了針對考試的K書會。

擔心功課的七村與紗夕也贊成，大家幾乎天天放學後都聚在一起。

雖然夜華的指導比平常更加嚴格，但感覺就像回到了原本的日常，我很高興。

「一定沒問題……大概吧。」

「真的嗎～？」

「對於這次的事情，我也沒有辯解的餘地。」

老師也惶恐不已。

「就是說呀，明明是班導師還造成麻煩。」

「夜華！」

「沒關係吧。我的情人被找去當代理男友耶，我至少有權抱怨。」

我和老師同時陷入沉默。

「那麼，妳會好好地繼續當班導師吧？」

「那是當然。就算有坂同學討厭我，我也是妳的班導師。」

「那就好。神崎老師。」

夜華的聲音不帶平常的敵意，正常地喊她神崎老師。

「有坂同學……」

神崎老師仔細玩味般地注視著夜華。

「——我已經沒事了。」

「看來是這樣呢。」

夜華和神崎老師目光交會，微微地笑了。

「你們動作真慢。瀨名、有坂。」

當我和夜華走出茶室，七村與朝姬同學、小宮與紗夕在走廊上等著我們。

「七村，我們有約嗎？」

「瀨名啊，考試結束以後要辦慶功宴吧。這是常識。」

我才不知道那種僅限於對現充陽光咖通用的常識。

「你也稍微體貼一點吧。我要和夜華——」

「偶爾這樣也不錯吧？」夜華很感興趣。

「咦，可以嗎？」

「反正到了暑假，我們不是可以隨心所欲地共度兩人時光嗎？」

夜華用獨占我的暑假是當然之事的口氣說道。

「妳好天真，有坂同學。希墨同學的暑假沒有那麼多自由時間。」

朝姬同學得意洋洋的插嘴。

「這是什麼意思，支倉同學。」

「永聖的班長的暑假，要忙著準備秋季的體育祭與文化祭。」

「啊？活動都有個別的執行委員吧！」

「因為那樣人手不夠，班長也會毫不留情地受到動員。這都怪妳姊姊擴大了活動規模！」

「那麼，難道說……」

夜華臉色一變。

「當然，身為班長搭檔的我，在暑假也會和希墨同學度過許多時光！」

好驚人，我第一次看到朝姬同學這麼一臉得意的樣子。

「真是的！都是姊姊做了多餘的事！」

夜華還是老樣子，被應該不在場的姊姊耍得團團轉。

只能說亞里亞小姐的影響力真的很驚人。

「妳就怨自己是那個棘手姊姊的妹妹吧。」

朝姬同學似乎對亞里亞小姐在學生餐廳做出的無情行徑相當懷恨在心。她抓準機會報復，對夜華無所顧慮。

「朝姬生氣勃勃呢。」

「朝學姊這不是充滿戰鬥意志嗎？」

小宮與紗夕臉上浮現複雜的苦笑。

「無所謂！因為希墨的情人是我！」

「那也僅限於現在吧。在戀愛上不可能有永遠的王位。」

夜華與朝姬同學在走廊中央吵得氣勢洶洶。

我的存在完全遭到無視。

「怎麼樣，瀨名。受歡迎意外的麻煩吧。」

七村同情地搭著我的肩膀。肌肉很重耶。

「關我屁事！我心裡只有夜華！」

「好期待暑假啊。」

「你就老實地練籃球吧。」

「也需要有放鬆的時候吧。我會積極的策劃活動，做好覺悟吧！」

「啊～那我想去旅行！大家一起去哪裡旅行吧！」

「幸波，好點子！」

紗夕馬上參一腳。

「我想放煙火～」

「宮內，這個主意也採用了！」

我的暑假就這樣被擅自逐漸填滿。

◇◇◇

在期末考評分期間的假日，我在相隔許久後享受與夜華的約會。

我們午前在澀谷集合，首先去電影院看好萊塢動作大片，度過興奮到手心冒汗的兩個多小時。接著一邊吃頓遲來的午餐，一邊聊電影感想，然後隨興地逛街瀏覽櫥窗。

我們路過的百貨公司裡，有上次約會時去過的飾品店的同品牌專櫃。

「啊，是那條項鍊。」

那條夜華很中意的項鍊，吸引了她的目光。

「果然很可愛呢。」夜華直盯著櫥窗裡說道。

在她身旁，我決定果斷行動。

「不好意思，我想買這條項鍊！」

這個價格，是用我去年存起的打工薪水足以支付的金額。

「咦，希墨？」
「我送給妳當禮物。」
「沒關係。你不用這麼做。」
「妳很中意吧。我也覺得這條項鍊很適合夜華。所以，我希望妳戴上。」
「可是這樣不好意思。」
「這是我在各方面害妳擔心的賠罪。」
「……可以嗎？」
「嗯，第一次送禮物的話，我想送這條項鍊。」
「我要直接戴上。」店員準備包裝時，夜華說道。
夏日的陽光下，項鍊在她纖細的頸子上閃爍光芒。
「謝謝你，希墨。我會珍惜的。」
「妳高興那就太好了。」
「嗯。」
夜華的心情好極了。
「我也想給你謝禮。」
「只要妳在暑假也像這樣跟我約會就夠了。」
「那樣不夠。」

「嗯～好難想啊。」

「希墨。因為你溫柔又太無欲無求，才會引起麻煩。如果你有想要的事物就告訴我，這樣我也能放心！」

夜華以犀利的眼神看過來。

「我沒辦法立刻想到想要的東西啊～」

「不是東西也無所謂！」

在擁擠的十字路口等待紅綠燈改變燈號，我同時思索。

難得收到夜華送的禮物，我希望是特別的事物。

我忽然想到了一樣很在意，但還沒做過的事。

就是那個。那無疑是我唯一想要的。

不過，在澀谷中央說出來好嗎？

我單純地也覺得難為情。

「你好像想到了什麼。」

「夜華，妳也太敏銳了吧？」

「希墨的事情我通通看透了。」

「那妳猜猜看。」

要是她能明白，我希望她務必察覺到。

「我想更詳細的判讀，你轉過來。」
「妳要用讀心能力喔。」
我依言從面向紅綠燈轉為面向夜華。
下一瞬間，我的嘴唇與夜華的嘴唇重合。
都會熙熙攘攘的人潮與炎熱都消失無蹤，只有互相碰觸的嘴唇觸感成為了一切。
在同樣等候紅綠燈的人群中，我們接吻了。
「這是正確答案嗎？」
夜華害羞地問我。
我們在戶外，周遭有許多人。不過，夜華主動親吻了我。
「……我不是在作夢吧？」
「這個嘛，很難講喔。」
號誌轉為綠燈，世界開始移動。
夜華踏著輕盈的步伐先往前走去。
她的手緊緊地牽著我的手不放。
「夜華！」
「什麼事？」
「我好喜歡妳！」

「我也喜歡希墨！」

情人們的暑假即將到來。

完

後記（內含劇透）

初次見面，還有好久不見。我是羽場楽人。

感謝各位這次閱讀《除了我之外，你不准和別人上演愛情喜劇》第三集。

終於來到了第三集！

這是我的第一本第三集，所以喜出望外。

如三部曲、三位一體、三種神器、三冠王、三巨頭、三原色、三方皆好、世界三大美人、三顧茅廬等等，從三這個數字能感受到喜慶、氣勢、豐富性與穩定感。

真是好啊，三。

自從寫了本作以後，發生了一連串美妙的事。

以電擊文庫官方推特投票為本作選出暱稱「愛情喜劇」、第一次再版、在緊急狀態宣言下第二集發售，以及一二集同時再版、由豪華配音陣容演出的ＰＶ公開等等。

在我為第三集而高興時——第四集也預計出版。

這也都多虧了支持的讀者們。謝謝大家！

第四集也請多多指教。

好了，故事在第三集迎來一個大段落。

從告白開始的兩情相悅愛情喜劇，這次是與絕不能交手的情敵之間的故事。

從第一集開始就暗示過其存在的夜華之姊有坂亞里亞，終於登場。

夜華所憧憬的理想姊姊，出乎意料地是情人的恩人。

宛如猛烈風暴般改變人際關係的亞里亞，對於作者來說也是個非常好寫的中意角色。

大家都喜歡漂亮大姊姊吧。

從我著手創作《愛情喜劇》時開始，就感受到夜華有一天必須面對亞里亞的命運。

夜華需要三本書的時間，才能抵達此處。

畢竟，她是個就連在第一集的封面上也滿臉不高興的女孩。

正因為與希墨度過了無可取代的日子，夜華也成長了很多。

不擅長溝通的女生，變得懂得主動尋求他人協助，活用自己的經驗，毫不畏懼表明真實想法。

在劇情最後高潮的姊妹吵架中，夜華澈底脫離了作者之手，用自身發出的話語跟亞里亞交談。她真的成長得很出色。

第三集夜華的親吻，與第一集希墨的情侶宣言具有同等重大的意義。

另外，幕後ＭＶＰ無疑是主角希墨。

明明是基本上場場出演的主角，卻是作為幕後功臣，這方面很有希墨的特色呢。

身為愛情喜劇主角的宿命，使他被許多誘惑擺布。

不過，正因為希墨絕不迷惘，一直對情人一心一意，受到那份愛支持的夜華才得以跟亞里亞展開姊妹吵架。

我認為這對兩情相悅的情侶一起克服了最大的危機。

能夠寫到兩人接吻場面，真是太好了。

這個故事照例是虛構的，劇中的原型又是我的一段真人真事。

我國中時有一位在補習班兼職當講師的女士，後來擔任女主播活躍於主要電視台上。儘管我在電視上看過她，但在當時一起補習的朋友告訴我之前，我都沒有發現。

因為她給人的印象與記憶中截然不同。

人是會逐漸改變的存在。

責任編輯阿南先生，這次也很感謝你。我認為正是因為有你每次提供冷靜的建議，對作者而言的作品與書籍這個商品才能取得平衡。

插畫イコモチ老師。希墨送項鍊給夜華這段插曲的靈感，來自於《角川輕小說EXPO2020》官方紀念書中老師繪製的未公開新插畫。由老師精彩插圖帶來的巨大刺激，無疑豐富了作品。不如說，我某方面甚至是因為想看イコモチ老師的新畫作而寫作本書的。總是很感謝你。

設計、校對、業務等為本書出版給予助力的相關人士，我謹在此致謝。

我的家人、朋友還有同行，總是很感謝大家。

下一頁是第四集的預告。

令人迫不及待的泳裝篇！戀情在仲夏加速！

接吻過後，希墨和夜華的甜蜜互動以刷新最高氣溫的勢頭無止境地飆升。

將為您送上充滿快樂活動的暑假篇故事。

敬請期待兩情相悅愛情喜劇迎接的最棒夏天。

以上，是羽場楽人的後記。我們第四集再見。

BGM：indigo la End《悲しくなる前に》

於是，暑假到來了。

「為什麼從放假第一天就要來學校啊？」

『認命吧，這也是永聖班長的工作。我們一起加油吧！』

「朝姬同學，妳興致好高昂。」

「哪有呀♪」

哼著歌的朝姬同學和我，早晨在樓梯口會合。

「——妳好天真。我可不會讓使妳稱心如意的狀況發生！」

穿著制服的夜華站在那裡。

「什麼？為什麼有坂同學會來這裡？」

「夜華。明明難得放假，發生了什麼事嗎？」

我也沒聽說過，和朝姬同學一樣吃驚。

「這是驚喜。比起待在家裡，來跟希墨見面更愉快。我做了便當，午餐一起吃吧。」

我的情人一臉得意。那個夜華居然會製造驚喜，她真的改變了。

「還真辛苦啊。這已經超越精神可嘉，感覺有點可怕了。」

「妳才是除了工作以外，別想奪走希墨的時間。」

兩人對彼此微笑，互看的目光卻很銳利。
「各位，你們一大早就很熱鬧呢。」
神崎老師正好在此時路過。
「關於上次之事的答謝……」簡單打過招呼後，老師先確定周遭沒有人，然後重新拋出話題。
「老師，不必在意也沒關係的。」
「那可不行。母親也嚴加交代過，要我好好答謝幫助我的學生們。那麼，如果各位方便的話，要不要在暑假期間來我家的別墅呢？那裡可以整棟包場，離海邊也很近，非常適合遊玩。」
「別墅。」「整棟包場。」「海。」
我們三人複誦在意的關鍵字。
「希墨，我不介意。」
「希墨同學，這當然要去吧？」
兩人贊成。我當然也一樣。那麼就無須猶豫。
「——我們要去。作為瀨名會的幹事，我立刻去確認其他成員的預定行程！」
於是，瀨名會決定在暑假前往神崎老師的別墅旅行。

Es
EiSei High School
冬季發售!!!!!!!!!!!!!!!!!!!!!!!!!!!

除了我之外，你不准和別人上演愛情喜劇

在接吻過後，

希墨與夜華的戀情變得更加甜蜜！

季節來到夏天。

祭典與泳裝與過夜旅行。

在滿滿的青春活動中，最棒的暑假開始了——！

然而，瀨名會成員盤旋著戀愛的思緒。

在旅行中不可能不發生什麼事件……？

第四集預定於2022年

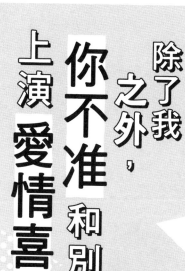

國家圖書館出版品預行編目資料

除了我之外，你不准和別人上演愛情喜劇 / 羽場楽人作；K.K. 譯. -- 初版. -- 臺北市：臺灣角川股份有限公司, 2022.03-

冊； 公分. -- (Kadokawa fantastic novels)

譯自：わたし以外とのラブコメは許さないんだからね

ISBN 978-626-321-283-1(第 1 冊：平裝). --
ISBN 978-626-321-528-3(第 2 冊：平裝). --
ISBN 978-626-321-677-8(第 3 冊：平裝)

861.57 111000488

Kadokawa
Fantastic
Novels

除了我之外，你不准和別人上演愛情喜劇 3

（原著名：わたし以外とのラブコメは許さないんだからね 3）

2022年8月24日　初版第1刷發行

作　者：羽場楽人
插　畫：イコモチ
譯　者：K.K.

發行人：岩崎剛人
總編輯：蔡佩芬
編　輯：黎夢萍
美術設計：李思穎
印　務：李明修（主任）、張加恩（主任）、張凱棋

發行所：台灣角川股份有限公司
地　址：104台北市中山區松江路223號3樓
電　話：（02）2515-3000
傳　真：（02）2515-0033
網　址：www.kadokawa.com.tw
劃撥帳戶：台灣角川股份有限公司
劃撥帳號：19487412
法律顧問：有澤法律事務所
製　版：尚騰印刷事業有限公司
ISBN：978-626-321-677-8